www.tredition.de

AF185044

Dagmar Meyer

Verliere nicht dein tapferes Herz

Ein Roman
zwischen Gegenwart und Vergangenheit
aus Ostpreußen

www.tredition.de

© 2012 Dagmar Meyer

Lektorat: Ursula Wenke, www.lektorat-wenke.de

Verlag: tredition GmbH, Hamburg
ISBN: 978-3-8491-1726-9
Printed in Germany

Bibliografische Information der Deutschen Nationalbibliothek:
Die Deutsche Nationalbibliothek verzeichnet diese Publikation in
der Deutschen Nationalbibliografie; detaillierte bibliografische Daten sind im Internet über http://dnb.d-nb.de abrufbar.

Junge Menschen brauchen Flügel,
aber auch Wurzeln.

Für
Hannah und Sophie,
Natalie und Charlotte,

damit sie erfahren, dass eine ihrer Wurzeln
im fernen Ostpreußen liegt.

Vorwort

Z wischen Gegenwart und Vergangenheit liegen sechs Stunden Bahnfahrt – Zeit genug, um die Gegenwart zu verlassen und sich der Vergangenheit zu nähern.

Mehr als einmal male ich mir die Ankunft in der Stadt meiner Kindheit aus: Werden mir Straßen bekannt vorkommen, Plätze, Gebäude? Vor knapp vierzig Jahren bin ich aus Geesthacht fortgegangen; Jahrzehnte, die ausreichten, um Straßen zu verlegen, Plätze neu zu gestalten, Häuser abzureißen und andere zu bauen.

Zwischen der Abfahrt in Stuttgart und der Ankunft in Hamburg liegt auch eine nervige Bahnfahrt; ich bin in ein Abteil gepfercht mit Leuten, deren laute Gegenwart nur zu ertragen ist durch das Lesen der letzten beiden Briefe meines Vaters aus dem Jahr 1945.

In Hamburg steige ich in den Bus um, der auch schon damals, in meiner Kinderzeit vor sechzig Jahren, nach Geesthacht fuhr und eine Stunde dafür brauchte. Er fährt durch Stadtviertel, deren Namen mir auch heute noch geläufig sind.

Irgendwann taucht dann tatsächlich das Ortsschild von Geesthacht auf. Gespannt versuche ich, Straßenschilder zu lesen und Häuser wiederzuerkennen. Jeder Erfolg lässt mein Herz ein bisschen schneller schlagen. Da rechts geht es nach Düneberg, wo wir zuletzt gewohnt haben, und als das Kaufhaus „Hackmack" in Sicht kommt, muss ich auch schon aussteigen.

An der Hauptpost verlasse ich den Bus und gehe durch die Fußgängerzone der Bergedorfer Straße, die es früher so nicht gab, zum Krügerschen Haus, dem Stadtmuseum und verabredeten Treffpunkt. Manche Geschäfte tragen vertraute Namen. Zwischen neuen Gebäuden stehen viele alte im Kleid der norddeutschen Häuser des frühen zwanzigsten Jahrhunderts: dunkelroter Backstein mit Fenstern und Türen in weiß gestrichenem Holz.

Der Stadtarchivar holt mich im Museum ab. Während wir den kurzen Weg zum Rathaus gehen, versuche ich, ihm möglichst genau zu erklären, weshalb ich nach Geesthacht gekommen bin: zum einen, um auf den Spuren meiner Kindheit und Jugend zu wandern, zum anderen, um nach Material über die Jahre 1945 bis 1948 zu suchen.

Im Rathaus tauchen wir ab in die Katakomben, wo sich Archive meistens befinden. Ich habe das Gefühl, meinem Ziel immer näherzukommen, zwischen den deckenhoch gestapelten Ordnern und Kartons, den Regalen voller Bücher und Papier die Antworten zu finden, nach denen ich seit Monaten suche. Es ist, als käme nach einem Rennen das Zielband endlich in Sichtweite.

Mit geübter Hand greift der Archivar nach einem dicken grauen Heft, das mit „Sterberegister" und einigen Jahreszahlen beschriftet ist, und blättert es durch. Gebannt starre ich auf die Seiten, die, mit Tinte säuberlich ausgefüllt, in schneller Folge durch seine Hand gleiten, bis der dokumentierte Tod meines Vaters mir in die Augen springt.

Das Wissen um die vaterlose Kindheit ist das eine, die Sterbeurkunde in meinem Aktenordner zu Hause das andere. Aber die schonungslose Offenlegung auf sechzig Jahre altem Papier am Ort des Geschehens weht mit dem Aktenstaub alle Zweifel davon, die Freunde in mein Herz gelegt hatten: Man solle die Vergangenheit ruhen lassen.

Doch die stummen, unsichtbaren Jahre meiner jungen Eltern und meiner frühsten Kindheit haben keine Ruhe gegeben. Ich bin mir ganz sicher: Nun will ich mehr wissen. Alles.

Im Restaurant des kleinen Hotels in Geesthacht komme ich langsam zur Ruhe. Am frühen Abend sind kaum Leute im Gastraum, niemand achtet auf mich.

Auf dem Tisch vor mir mein Laptop, ein Stapel Briefe und Fotos. Darin ein Leben.

Mit aufmerksamen Augen schaust du mich an. Ich betrachte deine regelmäßigen, feinen Gesichtszüge, die schmale, gerade Nase und die hohe, leicht eckige Stirn. Wie auf fast allen Fotos ist das schwarze Haar in *der Mitte gescheitelt und im Nacken zu einem Knoten gebunden. Die helle Bluse und der lange Rock unterstreichen die Anmut deiner Erscheinung. Wieder einmal bewundere ich deine Schönheit, Mutti, die der neunzehnjährigen Elfriede Stein auf diesem Foto von 1934.*

Auf anderen Fotos aus den frühen Dreißigerjahren taucht neben dir ein junger, schlaksiger Mann auf, mit gewinnendem Lausbubenlächeln im schmalen Gesicht. Wasserblaue Augen blicken keck und charmant lächelnd auf die junge Frau, die ihn mal schüchtern, mal ganz offen anhimmelt. Seine dunkelblonden, glatten Haare sind kompromisslos aus der hohen Stirn gekämmt; die strenge Frisur bildet einen reizvollen Kontrast zu der Lässigkeit, die die schlanke, große Gestalt im grauen Anzug und mit bürgerlich konventionellem Hut ausstrahlt. Er sei ein fröhlicher Typ gewesen, unser Vater, hast du später oft gesagt, bei den Frauen beliebt, dazu intelligent und ehrgeizig. Und doch bin ich sicher, dass er auch eine ernste Seite hatte, dass mich auf anderen Fotos aus der verborgenen Tiefe der hellen Augen ein melancholischer Bodo Vollstedt ansieht, bei seiner Tochter um Verständnis werbend und um Verzeihung bittend für das, was geschehen ist, was er nicht hatte verhindern und wofür er die Verantwortung irgendwann nicht mehr hatte tragen können. Traurig schaue ich ihn an. So viele Fragen, für die es keine Antworten mehr geben wird.

Mein Blick schweift aus dem Fenster dieses Hotels, das es auch schon in meiner Kindheit gab, über Straße und Badeanstalt hinaus zur Elbe, in der ich als Kind noch geschwommen bin. Sanft glitzert das behäbig fließende Wasser in der Abendsonne. Mir ist, als wolle der Fluss sagen: Ich war hier, als du ein Kind warst, und bin hier, wenn du an deinem Lebensende nach Antworten suchst. Ich werde immer hier sein.

Tief atme ich durch und kehre aus den Kindheitstagen zurück an den Tisch, auf dem sich noch fernere Vergangenheit ausbreitet.

Deine dunklen Augen ermuntern mich, zurückzugehen in das Königsberg von 1933, mir vorzustellen, wie es damals war, in jenem Frühling, als du den Studenten Bodo Vollstedt trafst ...

1

V or dem Schaufenster eines Modegeschäftes war Elfriede stehen geblieben.

„Jetzt komm schon, Elfriede!"

„Ja doch, gleich, nun hetze mich doch nicht so!"

Für die ausgestellten Kleider interessierte sich Elfriede allerdings heute nicht. Sie prüfte ihr Aussehen in der spiegelnden Fensterscheibe, strich die Haare noch einmal glatt, rückte den Gürtel des langen Rockes gerade und kontrollierte den Sitz der beigefarbenen Bluse mit dem weißen Spitzenkragen.

„Du siehst perfekt aus, wie immer."

Hildes Stimme klang ungeduldig. Lachend hakte sie Elfriede unter, kichernd und schwatzend liefen sie durch die Königsberger Straßen Richtung Schlossteich. Für die Schaufenster der vielen Geschäfte hatten sie heute keinen Blick, auch nicht für die neuen Fahnen, die seit wenigen Wochen an allen Straßenecken hingen, und für die Männer und Jungen, die im Gleichschritt und laut singend durch die Straßen marschierten, erst recht nicht. Immer mehr Fahnen und Marschierende waren seit der Machtübernahme Hitlers in den Straßen Königsbergs und ihrer Heimatstadt Tilsit aufgetaucht. Bei Elfriede war das anfängliche Staunen darüber einem zunehmenden Desinteresse und betonter Gleichgültigkeit gewichen. Sie wollte frei von Pflichten sein, wollte leben und lieben, wenn sich die Gelegenheit bot.

In diesem Jahr 1933 lag die Schulzeit erst wenige Wochen hinter ihnen, die Zukunft wie ein ungeschriebenes Tagebuch im Schrank und die grenzenlose Freiheit wie Parfum in der Luft. Heute war der Tag.

„Du, ich muss dir etwas erzählen."

Hilde beugte ihren Kopf verschwörerisch zur Freundin hinüber.

„Gestern habe ich Ruth Rosenthal getroffen."

Elfriede blieb stehen und sah Hilde interessiert an.

„Ach ja? Ich habe sie seit unserem letzten Schultag nur selten gesehen. Was erzählt sie denn so?"

„Todunglücklich ist sie. Vor zwei Tagen haben ihre Eltern im Briefkasten einen anonymen Brief gefunden. Übrigens nicht den ersten. Wenn sie nicht aus Tilsit verschwänden, würden sie schon merken, was mit den Juden geschehe. Ruth sagte, sie hätten furchtbare Angst."

Entsetzt schlug Elfriede die Hand vor den Mund und blickte sich ängstlich um.

„O Gott, sei bloß still. Wenn dich jemand hört! Das ist ja furchtbar."

Die stille, fleißige Ruth, die liebenswerte Klassenkameradin in allen Schuljahren – und jetzt so etwas! Sie schüttelte den Kopf.

„Komm, wir reden ein andermal darüber, jetzt nicht. Wir wollen uns doch amüsieren, nicht wahr?"

Vor dem Café „Bellevue" würde Luise auf sie warten, die Dritte im Bunde der Freundinnen, so war es verabredet. Und drinnen eine flotte Tanzkapelle. Vor Aufregung hatte Elfriede rote Wangen und glänzende Augen. Hoffentlich warteten auch genug ansehnliche Tänzer, Studenten von der „Albertina" etwa oder Offiziersanwärter, die Freigang hatten. Die Mädchen waren gespannt.

„Na endlich. Ich stehe mir hier die Beine in den Bauch!"

Wie immer übertrieb Luise maßlos, wenn sie ihre Nervosität nicht zeigen wollte. So fiel auch die Begrüßung der Freundinnen überschwänglich aus. Doch da die Anspannung alle drei wie ein Virus befallen hatte, merkten sie es nicht und strebten dem Eingang des Cafés zu, aus dem bei jedem Türöffnen Musikfetzen auf die Straße flüchteten.

Im Durchgang zum Saal blieben sie zögernd stehen und entdeckten bald einen freien Tisch. Während Elfriede und Hilde die Paare auf der Tanzfläche und die Gäste an den anderen Tischen kritisch musterten und die Garderoben und Frisuren der anwesenden weiblichen Konkurrenz unauffällig einer Prüfung unterzogen, wanderten Luises Augen angestrengt am Eingang hin und her.

„Wartest du auf jemanden?"

Elfriede hatte Luise beobachtet.

„Ich? I wo!"

Luise schüttelte heftig den Kopf, sodass ihre braunen kurzen Haare flogen, und schaute demonstrativ in eine andere Richtung. Elfriede betrachtete ihre Freundin in der roten Bluse mit den kurzen Puffärmeln und den Rüschen am Ausschnitt, der einen üppigen Busen erkennen ließ. Luise war von kräftiger Statur, was auch der schmale lange Rock nicht verbergen konnte. In der Schule war sie deshalb so manches Mal gehänselt worden, doch Elfriede und Hilde hatten die Freundin stets gegen Lästermäuler verteidigt. Luise war eben so.

Ganz anders dagegen Hilde, die die anwesenden Tänzer inzwischen kühl musterte und Luises angespannte Nervosität nicht zu bemerken schien. Hilde mit den blonden Naturlocken, mit der Mannequinfigur und den märchenhaft blauen Augen. Neid glitzerte in den Augen mancher Mädchen. Schon in der Schule hatten sich die Jungen gedrängt, um der Ehre eines Gespräches mit ihr für würdig befunden zu werden. In dem hellblauen Kleid mit dem schwingenden Saum sah sie auch heute wieder hinreißend aus. Es würde nicht lange dauern, bis die ersten Tänzer sie aufforderten.

„Ja, wen haben wir denn da?"

Wie aus dem Boden gewachsen, stand Fritz Eder am Tisch der jungen Mädchen und schaute seine Schwester Luise spitzbübisch an. Hinter ihm drängten sich drei weitere junge Männer und begutachteten ungeniert die Freundinnen. Luise schickte ihrem Bruder einen beschwörenden Blick.

„Ach, Fritz, ich wusste gar nicht, dass du heute auch hier bist."

Elfriede und Hilde fanden keine Zeit, sich ausgiebig darüber zu wundern, dass Luise nichts von dem Erscheinen ihres Bruders wusste. Von Kindheit an kannten sie Fritz, der sich nun formvollendet verbeugte.

„Meine Damen, darf ich Ihnen meine Freunde und Studienkollegen vorstellen: Wilhelm von Berghoff, Student der Rechtswissenschaften wie ich, Heinz Bauer, der als unser Jüngster kurz vor der Matura steht und Medizin studieren will, und Bodo Vollstedt, der sich bereits in der medizinische Fakultät eingeschrieben hat."

Schüchtern schlug Elfriede die Augen nieder, während Hilde die Studenten kühl musterte. Luise streckte ihren Rücken durch.

„Und ich übernehme meinerseits die Vorstellung: Hilde Neumann und Elfriede Stein, die beide aus Tilsit stammen, und meine Wenigkeit Luise Eder, die Schwester des Rechtskandidaten Fritz. Freut uns sehr."

Inzwischen war die Pause vorüber, die Kapelle begann mit einem Walzer die nächste Tanzrunde. Wilhelm von Berghoff verbeugte sich vor Hilde, Heinz Bauer vor Luise, Bodo Vollstedt führte Elfriede Stein am Ellbogen zur Tanzfläche.

Leicht wie eine Elfe lag sie in seinem Arm, sodass Bodo keine Mühe hatte, mit seiner Partnerin im eleganten Schwung um die zahlreichen Tänzer herumzukurven wie ein Schiff um Untiefen. Auf den schnellen Walzer folgten Tango und langsamer Walzer. Der hoch aufgeschossene, schlanke Bodo sah auf das schwarze, gradlinig gescheitelte Haar seiner Tänzerin, in ihre dunklen, warmen Augen, wenn sie ihn anschaute, in ihr ebenmäßig geformtes Gesicht. Ihm gefiel alles, was er sah.

Auch Elfriede war angetan, tanzte sie doch für ihr Leben gern und ein guter Tänzer hatte bei ihr gleich einen Stein im Brett. Diese Grübchen um den lachenden Mund, diese hellblauen Augen, in denen es schalkhaft blitzte! Hoffentlich merkt er nicht, wie sehr er mir gefällt, dachte Elfriede.

Die Mädchen trafen sich am Tisch wieder, fächelten ihren erhitzten Gesichtern Kühlung zu und versteckten ihre Erregung hinter scherzhaften Reden und lautem Gelächter. Welch ein Nachmittag!

Eine Tanzrunde folgte der anderen, man wechselte die Partner in loser Reihenfolge, bis es für Elfriede und Hilde Zeit wurde, an die Heimfahrt zu denken. Luise würde mit ihrem Bruder erst mit dem nächsten Zug nach Hause fahren, weil sie noch eine Tante in Königsberg besuchen wollten.

Es war selbstverständlich, dass Wilhelm von Berghoff und Bodo Vollstedt Elfriede und Hilde zum Bahnhof begleiteten.

Im Zug beherrschte der fröhliche Tanznachmittag das Gespräch der Mädchen, die Fahrt nach Tilsit verging wie im Flug; für die in der Abenddämmerung vorbeiziehende Landschaft aus Feldern und Wiesen hatten sie heute keinen Blick übrig.

Hilde kicherte und sah Elfriede spitzbübisch an.

„Jetzt sag schon, Elfriede, welcher Verehrer hat dir denn am besten gefallen? Also mir gefallen die Medizinstudenten. Arzt ist ein sehr angesehener Beruf, da kann man als Frau ein großes Haus führen und ist angesehen in der Stadt. Den Herrn Vollstedt fand ich besonders nett."

Elfriedes Herzschlag setzte für einen Moment aus. Wenn Hilde sich für Herrn Vollstedt interessierte, dann hatte sie keine Chance. Dabei hatte sie ihm doch gefallen, da war sie sich sicher. Auf gar keinen Fall durfte sie sich etwas anmerken lassen, wenn sie sich nicht blamieren wollte.

„Ja, der war sehr charmant", antwortete sie eher beiläufig.

Am Bahnhof in Tilsit verabschiedeten sie sich, Elfriede musste noch mit dem Bus nach Weinoten fahren. Die vertrauten Straßen und Häuser nahm sie nur schemenhaft wahr. In ihrem Herzen tobte ein Aufruhr, in dessen Mittelpunkt ein junger Student stand, der sie sicher übers Tanzparkett gewirbelt und dessen Lächeln ihre Gefühle in Wallung gebracht hatte. Elfriede legte die Hand an ihre Wange. Sie glühte.

Vor meinen inneren Augen sehe ich dich die stille Dorfstraße hinuntergehen. Wahrscheinlich ist es auch dort immer seltener so ruhig wie jetzt, denn auch auf dem Dorf marschieren die braunen Truppen oder werden Versammlungen und Kundgebungen abgehalten. Irgendwo bellt ein Hund. Aus offen stehenden Stalltüren weht Mistgeruch, dringen Kuhgebrüll und Kettengeklirr hinaus auf die Straße.

Auch um dein Elternhaus, das zugleich Dorfschule ist, liegt ländliche Ruhe. Schlapp hängt die neue Fahne mit dem Hakenkreuz aus einem Fenster über dem Eingang. Ich sehe deinen Vater, Dorfschullehrer Ludwig Stein, in seinem Arbeitszimmer sitzen, die Mutter und Editha, deine jüngere Schwester, in der Küche mit dem Abendessen beschäftigt. Fast höre ich ihr Lachen durch das weit offen stehende Fenster. Ländliche Idylle – auf Abruf.

Vor der Haustür holst du tief Luft.

Eins ist sicher: Du wirst Bodo ein zweites Mal treffen, denn er hat dir ein Wiedersehen am nächsten Sonntag abgerungen, am Schlossteich in Königsberg.

Und etwas anderes ist auch sicher: Du hast dich unsterblich verliebt.

Mit klopfendem Herzen saß Elfriede am nächsten Sonntag in Königsberg auf einer Bank an der Uferpromenade und starrte ins Wasser. Viele Spaziergänger schlenderten am Schlossteich entlang, Familien mit Kindern, ältere, angemessen schreitende Herrschaften und junge, kichernde Pärchen, die nur mit sich selbst beschäftigt waren. Jedes Mal, wenn ein Trupp lärmender Studenten vorbeizog, tat ihr Herz einen Sprung. Könnte nicht ihr Bodo darunter sein? Wie sollte sie sich verhalten, wenn er sich aus der Gruppe löste und auf sie zukäme? Sie hatte sich etwas abseits gesetzt, weil ihr Zug sehr früh da gewesen war; es sollte nicht so aussehen, als hätte sie schon auf ihn gewartet. Ein anständiges Mädchen tat so etwas nicht.

Einige Schwäne zogen dicht am Ufer geräuschlos vorüber, umrahmt von Pulks schnatternder Enten, die den zahlreichen Ruderbooten geschickt auswichen. In der Sonne schimmerte das Wasser wie Seide, die Ruderschläge erzeugten leichte Wellen, die über das Wasser tanzten und mit zartem Glucksen ans Ufer schwappten.

„Guten Tag, Fräulein Stein."

Sie zuckte zusammen, blickte erschreckt auf und erhob sich. Mit einer leichten Verbeugung zog der Mann den Hut. Elfriede streckte ihm die Hand entgegen und lächelte.

„Guten Tag, Herr Vollstedt."

„Darf ich Sie zu einer Bootspartie einladen, Fräulein Stein? Bei diesem schönen Wetter ist es auf dem Wasser wunderbar."

Hoffentlich merkt er nicht, wie gehemmt ich bin, schoss es Elfriede durch den Kopf. Einmal mehr wünschte sie sich, so souverän wie Hilde zu sein. Doch Bodo strahlte sie offen an, sodass sich die Grübchen in seinen Wangen vertieften.

„Wie schön, dass wir uns am letzten Sonntag im Café ‚Bellevue' kennengelernt haben! Die Schwester meines Schulfreundes Fritz kannte ich schon, aber dass sie wiederum eine so reizende Freundin hat …"

Bodos Augen blitzten. Elfriede riss sich zusammen. Sie musste etwas sagen, wollte sie nicht vor ihm als weltfremde Landpomeranze dastehen.

„Ja, es war sehr schön, ich tanze für mein Leben gern."

„Gehen Sie oft zum Tanzen?"

„Eigentlich nicht. In den letzten Monaten haben wir viel für die Abschlussprüfungen lernen müssen. Doch jetzt ist alles vorbei, die Freiheit beginnt."

„Gratulation, Fräulein Stein."

Sie hatten das Bootshaus erreicht. Bodo mietete ein Ruderboot und mit kräftigen Schlägen hatte er es bald bis in die Mitte des Schlossteiches gerudert. Elfriede wurde plötzlich bewusst, dass es trotz der anderen Boote sehr still auf dem Wasser und dass sie zum ersten Mal mit diesem Mann allein war.

„Sicher wollen Sie wissen, wen Sie da so unvermittelt kennengelernt haben. Meinen Namen haben Sie ja schon erfahren. Mein Vater hat auf dem Gut Quittainen eine Anstellung als Verwalter, dort bin ich geboren, aufgewachsen und zur Schule gegangen. Jetzt studiere ich an der ‚Albertina' Medizin. Arzt zu sein, ist mein Traumberuf. Wissen Sie schon, was Sie werden wollen? Auch studieren?"

„Ich weiß es wirklich noch nicht. Erst einmal habe ich vom Lernen genug."

„Das kann man verstehen. Aber etwas Sinnvolles zum Wohle unseres Volkes sollte jeder Mensch tun. Welchen Beruf hat Ihr Vater?"

Elfriede senkte den Kopf. Was würde er denken, wenn er erfuhr, dass ihr Vater nur ein kleiner Beamter, ein Dorfschullehrer war? Gutshof! Medizinstudent! Nein, da konnte sie nicht mithalten. Aber dass ihr Vater ein aufrechter, gebildeter Mann war und etwas Sinnvolles zum Wohle der Menschheit tat, davon war sie überzeugt. Lehrer zu sein war kein Zuckerschlecken!

Sie hob den Kopf und sah ihr Gegenüber fest an. Bodos forschende Augen wichen den ihren nicht aus.

„Mein Vater ist Lehrer in Weinoten, einem kleinen Dorf bei Tilsit, Sie werden es nicht kennen. Dort wohnen wir jetzt. Ich bin in Königsberg geboren und zur Schule gegangen, auf die Königin-Luise-Schule. Meine jüngere Schwester geht auf das Lyzeum in Tilsit."

„Lehrer zu sein ist ein schöner und für die Zukunft unseres Volkes ungemein wichtiger Beruf. Wäre das nicht auch etwas für Sie?"

„Ich habe auch schon daran gedacht, bin mir aber noch nicht ganz sicher. So viele fremde Kinder zu erziehen und zu bändigen, lernen sollen sie auch etwas, also ich weiß nicht."

Elfriede lächelte ihn an und zuckte mit den Schultern. Bodo hatte die Ruder seitlich ins Boot gelegt, das sich weit von der Anlegestelle entfernt hatte und auf der glatten Wasserfläche lag wie auf einem Spiegel. Er hörte ihr aufmerksam zu.

„Ja, so eine Berufswahl sollte wirklich gut überlegt sein. Man will ja aus seinem Leben etwas Rechtes machen. Meine Vorfahren väterlicherseits stammen aus dem Reich, aus Schleswig-Holstein. Gut möglich, dass ich für einige Semester nach Kiel an die medizinische Fakultät gehe. Ich könnte dann meine Verwandten in Preetz kennenlernen und wahrscheinlich bei ihnen wohnen. Soviel ich weiß, sind sie Förster und Gutsverwalter seit vielen Generationen."

„Das ist wirklich interessant."

„Nicht wahr? Jetzt schlage ich aber vor, dass wir zurückrudern und uns erfrischen. Darf ich Sie in Ihr Lieblingscafé einladen?"

„Gern. Aber ich habe hier viele Lieblingscafés."

Sie lachten, brachten das Boot zurück und steuerten auf eine nahe gelegene Gartenwirtschaft zu. Bodo nahm Elfriedes Arm und zeigte mit der anderen Hand auf ein hinter Bäumen verstecktes Haus.

„Sehen Sie das Haus da drüben mit dem großen weißen Balkon? Es ist das Verbindungshaus der Burschenschaft ‚Germania', da bin ich gleich zu Beginn des Studiums eingetreten. Solche Beziehungen können einem im Leben sehr nützlich sein."

Elfriede schwieg. Was sollte sie auch sagen? Studentisches Leben war nicht ihre Welt. Ja, wenn ihr Bruder noch lebte … Doch Hans war vor drei Jahren mit siebzehn an Diphtherie gestorben. Der Schmerz der Eltern war bisher kaum verblasst und der Schatten des Bruders fiel im Elternhaus auf alles, was seine Bewohner sprachen und taten.

Sie würde Bodo von ihm erzählen, aber nicht gleich.

Zum Glück fanden sie einen freien Tisch im Garten und bestellten Kaffee, Kuchen und Limonade. Bodo musterte die Umgebung.

Über dem Eingang zum Garten hing eine neue riesige Hakenkreuzfahne. An manchen Tischen konnte man braune Uniformen entdecken. In der Ferne war Marschmusik zu hören, ihre scharfen Trommelwirbel durchbohrten penetrant die schmeichelnde Caféhausmusik.

„Es ist nicht zu übersehen, eine neue Zeit bricht an. Die Menschen hoffen auf gute Zeiten, auf Arbeit, Wohlstand, Ansehen. Und vielen geht es inzwischen auch erheblich besser als früher. Nach allem, was Ostpreußen in der Vergangenheit mitgemacht hat, kann es nur aufwärtsgehen, meinen Sie nicht auch, Fräulein Stein?"

Elfriede nickte verlegen. Bloß das nicht, nur keine Politik! In ihrem Elternhaus war sie kein großes Thema – bis jetzt. Nur manchmal grummelte der Vater unwillig vor sich hin. Elfriede scherte sich überhaupt nicht um politische Ereignisse und war froh, die Schule hinter sich zu haben, bevor nationalsozialistische Formen des Miteinanders dort Einzug hielten. Ihre Schwester Editha tat ihr wirklich leid.

„Können wir über etwas anderes reden? Politik interessiert mich überhaupt nicht."

„Entschuldigen Sie."

Bodo griff nach Elfriedes Hand und sah ihr tief in die Augen. Sie hatte das Gefühl, dass ihr Gesicht glühte, und schlug die Augen nieder.

„Ich habe eine große Bitte. Lassen Sie uns ‚Du' zueinander sagen."

Elfriede sah ihn mit großen Augen an. Dieses jungenhafte Lächeln!

„Einverstanden", sie stockte, „Bodo."

Er streichelte sanft über ihre Finger.

„Denn wenn ich auch nicht weiß, was die Zukunft bringen wird, eines weiß ich gewiss: Ich möchte dich wiedersehen, Elfriede."

Irgendwann saß sie wieder im Zug Richtung Tilsit und versuchte, ihre aufgewühlten Empfindungen unter Kontrolle zu halten. Bodo war unterhaltsam, wusste lebhaft und witzig zu erzählen und sie zum Lachen zu bringen. Er hatte, im Gegensatz zu ihr, Ziele im Leben und eine Meinung zu den Dingen, die um sie herum geschahen. Vielleicht sollte sie doch öfter Zeitung lesen und mit dem Vater über das eine oder andere diskutieren. Der redete nicht viel, vertiefte sich lieber in seine Bücher und Zeitungen. Wusste sie eigentlich, welche politische Meinung er hatte? Sie würde ihn fragen, gleich morgen.

Und stimmte es denn überhaupt, dass sie von ihrer Zukunft keine Vorstellung hatte?

Wie oft hatten Hilde, Luise und sie über ihre Hoffnungen und Wünsche geredet, wenn sie mit einer Handarbeit zusammensaßen, am Memelufer spazieren gingen oder mit dem Zug nach Königsberg fuhren. So unterschiedliche gesellschaftliche Vorstellungen die jungen Frauen aufgrund ihrer Herkunft auch hatten, so einig waren sie sich in einem Wunsch: Heiraten und Kinder kriegen!

Auf einen heiteren Frühling folgten warme Sommertage, auf Tanzcafé und Ruderpartie ein Besuch im Tiergarten, weitere Tanzveranstaltungen und lange Spaziergänge, bei denen Bodo und Elfriede ihre Träume und Zukunftshoffnungen austauschten. Bodo lächelte, wenn Elfriede von Familie und Kindern schwärmte.

„Weißt du, für mich gibt es nichts Schöneres als eine Familie zu haben und viele Kinder, also mindestens drei. Wir waren auch mal drei zu Hause."

Plötzlich verdüsterte sich ihr Gesicht. Bodo stutzte.

„Wieso drei? Ich dachte, du hättest nur eine Schwester."

„Mein Bruder ist vor drei Jahren an Diphtherie gestorben."

„Oh, das tut mir so leid."

Er nahm sie in die Arme und streichelte ihren Rücken.

„Mit deiner Einstellung zur Familie liegst du ganz auf der politischen Linie – und auch auf meiner."

Bodo blickte liebevoll auf Elfriede hinab.

„Für ein schönes Heim und eine gesunde Familie zu sorgen, finde ich einfach sinnvoll und befriedigend."

Vor Eifer hatten sich ihre Wangen gerötet, die dunklen Augen blitzten.

Wenn Bodo seinerseits über den Beruf des Arztes philosophierte, hörte sie aufmerksam zu und bewunderte ihn; und sie schwieg, wenn er pathetische Reden hielt, in denen Ostpreußen durch den Nationalsozialismus einen glänzenden Aufschwung nehmen und innerhalb des Deutschen Reiches wieder eine bedeutende Rolle spielen würde.

„Weißt du, ich finde es toll, wenn Deutschland für Europa wichtig ist und Ostpreußen wichtig für Deutschland. Dafür sollte man unangenehme Begleiterscheinungen leichten Herzens in Kauf nehmen."

Unangenehme Begleiterscheinungen? Was meinte er damit? Elfriede wagte nicht, zu fragen. Von ihrem Vater wusste sie inzwischen, dass er den politischen Zeitgeist mit Sorgen betrachtete. Wie würde sich ein Gespräch zwischen ihm und Bodo entwickeln?

Auch die offensichtlichen Schikanen gegen jüdische Freunde klammerte sie vorerst aus ihren Unterhaltungen aus, weil sie ahnte, dass er wahrscheinlich auch hier eine andere Meinung vertreten würde, als in ihrem Elternhaus vorherrschend war. Doch irgendwann würde sie solchen Diskussionen nicht mehr aus dem Wege gehen können und wollen, denn Ehrlichkeit und Offenheit waren grundlegende Tugenden für sie, zumal in einer Ehe.

So schwieg sie, um das Zusammensein mit Bodo nicht zu trüben, und war glücklich, wenn er sie immer wieder in die Arme nahm und zärtlich küsste. Wie sehr liebte sie diesen Mann, der so begeisterungsfähig und lustig sein konnte, aber auch oft ernst und nachdenklich war. Jeden Tag, jede Stunde und jede Minute wollte sie genießen, denn bald würde Bodo zum Studieren nach Kiel gehen. Die bevorstehende Trennung hing wie ein Damoklesschwert am Horizont ihres Liebeshimmels.

2

An einem heißen Sommersonntag des Jahres 1934 fuhren sie hinaus nach Palmnicken, schwammen in der Ostsee und lagen hinterher im warmen Sand.

Mit gleichmäßig anschwellendem Rauschen und mächtigem Platschen erreichten die Wellen den Strand, zogen sich zurück und wiederholten ihr endloses Spiel, das die Strandbesucher schläfrig machte. Bodo schloss die Augen.

Damals konnte er nicht ahnen, dass elf Jahre später die Ostsee zum rettenden Fluchtweg für ihn, aber auch zum eisigen Grab für zwei von Elfriedes Verwandten werden würde.

In einem der Briefe habe ich gelesen, dass mein Vater selbst mit vielen verwundeten Soldaten und Flüchtlingen auf einer fünftägigen Schiffsreise nach Dänemark den Russen entkommen war. In seinem Brief vom 30. Januar 1945 an dich, Mutti, schreibt er: „... wurde ich als Reserve für eine neue Kompanie aufs Schiff verfrachtet und habe nach 5-tägiger Seereise mit Umweg über Dänemark wieder festen Boden unter den Füßen."
Ich schiebe den Brief zurück auf den Stapel.

So wie jetzt soll es bleiben für immer und ewig, träumte Elfriede vor sich hin, den Kopf an Bodos Schulter gelehnt. Er streichelte ganz sacht über ihre Haare. So schwiegen sie eine ganze Weile, während Meeresrauschen, Möwengeschrei und Kinderlärm sie wie ein bunt gewebter Teppich umgaben und in der Illusion ewig dauernden Glücks gefangen hielten.

Elfriede zuckte zusammen, als Bodo sich plötzlich aufrichtete und sie ansah.

„Ich glaube, es wird Zeit, dass ich dich meinen Eltern vorstelle. Sie sind schon ganz neugierig und drängen mich, ihnen meine Freundin zu präsentieren. Was meinst du dazu?"

Schon lange hatte Elfriede mit dieser Frage gerechnet und wusste auch, dass sie sich diesem Zusammentreffen nicht würde entziehen können. Warum auch? Schließlich war sie eine hübsche und intelligente Frau. Und ein bisschen neugierig auf seine Eltern war sie auch.

„Natürlich. Sie haben ein Recht darauf, deine Freunde kennenzulernen."

„Freunde, Freunde! Du bist meine einzige Freundin, meine Geliebte, mein Ein und Alles, meine geliebte Friedel."

Bodo nahm sie in die Arme und küsste sie leidenschaftlich. Sie streichelte über seine Haare und seinen nackten Rücken. Hitzewellen liefen durch ihren Körper. Er richtete sich wieder auf.

„Und deine Eltern möchte ich auch gerne besuchen. Haben sie noch nicht nach mir gefragt? Sie wollen doch sicher auch wissen, mit wem ihre Tochter sonntags tanzen geht."

Bodo lachte.

„Ja, haben sie. Bis jetzt habe ich sie vertröstet. Ich wollte erst sicher sein, dass es sich auch lohnt."

Elfriede sah ihn spitzbübisch an. Bodo kitzelte sie, bis sie vor Lachen nicht mehr konnte.

„Und? Lohnt es sich?"

„Und wie! Aufhören! Ich liebe dich doch so sehr! Hör auf!"

Vor einigen Wochen hatte Elfriede eine Ausbildung als Krankenschwester begonnen. Ganz offensichtlich hatte ihre Beziehung zu Bodo dieses Vorhaben beflügelt. Ihre Eltern waren einverstanden, auch wenn ihr Vater lange die Hoffnung gehegt hatte, sie würde Lehrerin werden.

Arzt und Krankenschwester passten gut zusammen. Nicht nur, dass sie sich manchmal während der Woche an der Universität sehen konnten, wenn Elfriede in der medizinischen Fakultät Kurse und Bodo dort seine Vorlesungen hatte; sie träumte in die Zukunft hinein, dass sie ihm in seiner eigenen Praxis zur Hand gehen würde, solange keine Kinder da wären …

Voraussetzung für die Krankenschwesterausbildung war ihre Zugehörigkeit zum BDM. Schon während ihrer letzten Schulwochen vor dem Abitur waren ihre Schwester Editha und sie in den Bund Deutscher Mädel eingetreten. Elfriede hatte aufgrund ihres Alters gleich eine Ausbildung zur Mädelführerin gemacht. An so manchen Wochenenden und mindestens einmal unter der Woche war sie mit ihrer Gruppe beschäftigt. Zurzeit bereitete sie einen Besuch beim Tannenberg-Denkmal vor, der noch in diesem Herbst stattfinden sollte.

Bodo schätzte ihr Auftreten als Mädelführerin.

„Am besten, du ziehst deine Uniform an, wenn wir meine Eltern treffen. Damit wirst du bei ihnen einen Stein im Brett haben", machte er ihr Mut, wenn er ihre Unsicherheit spürte. Bevor sie noch die Ursache des Unbehagens ergründen konnte, das sich in ihrem Bauch ausbreitete, redete Bodo schon weiter.

„Ich schlage vor, dass wir uns zum Essen im ‚Blutgericht' treffen. Wäre dir das recht?"

Nägel mit Köpfen zu machen, das passte zu Bodo.

„Natürlich. Es wäre wunderbar. Da war ich nämlich noch nie."

Bodo lächelte. Seine kleine Friedel war doch ein richtiges Mädel vom Lande.

„Also abgemacht. Ich werde mit meinen Eltern telefonieren und einen Tisch bestellen."

Die kleine Friedel, das Mädel vom Lande!

Ich ziehe das Foto zu mir her, auf dem die Familie Vollstedt vor dem Königsberger „Blutgericht" steht. Jemand hat den Namen des Restaurants auf die Rückseite des Fotos geschrieben. Im Internet finde ich, dass das „Blutgericht" die erste Lokalität am Platz und sehr bekannt war. Natürlich, ich kann mir meinen Vater auch nicht anders vorstellen, als dass er das Beste für seine Friedel ausgesucht hätte.

Es ist allerdings ein Foto aus späteren Tagen, denn alle Personen tragen einen warmen Mantel. Sie haben sich untergehakt und lächeln verhalten. Die Männer, Bodos Zwillingsbruder und sein Vater, sind sehr groß, noch größer als Bodo. Unter dem Mantel des Vaters wölbt sich ein Bauch. Die Mutter trägt ihren Hut in der Hand. Das blonde Haar der Schwester liegt in einem auffallend langen Zopf über der rechten Schulter und reicht bis zur Taille.

Sie haben dich, die kleinste und zierlichste in der Gruppe, in die Mitte genommen. Wie froh wirst du gewesen sein, den selbstsicheren Bodo an deiner Seite zu haben. Ob er deine Aufregung gespürt hat?

Gerade eben hat Bodo dich vorgestellt. Welchen Eindruck seine Verwandtschaft wohl von dir hatte? Bodos Mutter dachte sicher daran, dass du ihre Schwiegertochter werden könntest. Hat dein Herz laut geklopft? Haben deine Hände gezittert?

„Liebe Mama, lieber Papa, darf ich euch meine Friedel vorstellen, Elfriede Stein aus Tilsit."

Gertrude Vollstedt nahm Elfriede herzlich in ihre Arme.

„Wie schön, Fräulein Stein, Sie endlich kennenzulernen, nachdem Bodo uns seit Wochen von Ihnen vorschwärmt."

Bodo grinste, Elfriedes Wangen röteten sich heftig.

„Ich freue mich auch."

Jetzt drängte sich Bodos Vater, William Christian Vollstedt, vor und umarmte Elfriede ebenfalls.

„Ich freue mich, Sie zu sehen."

Auch Bodos Zwillingsbruder Hans und seine Schwester Christhilde begrüßten Elfriede freundlich. Ein frischer Wind wehte und so beeilte man sich, in das Lokal hineinzukommen.

Vom Inneren war Elfriede so beeindruckt, dass sie ihre Aufregung fürs Erste vergaß. Schon oft hatte sie von der Einzigartigkeit dieses Lokals gehört. Das Tonnengewölbe der Räume und die damit verbundene Kelleratmosphäre, das Mobiliar und die Dekoration überraschten sie. Auch wusste sie, dass viele bekannte Persönlichkeiten hier einkehrten.

„Sie kommen aus Tilsit, Fräulein Stein?"

Gertrude Vollstedt beugte sich interessiert vor und sah Elfriede aufmerksam an.

„Ja, aus der Nähe von Tilsit. Ich bin dort zur Schule gegangen."

„Tilsit ist eine schöne Stadt, mit seinen Kirchen, der Königin-Luise-Brücke und dem wunderbaren Haus der ‚Loge der Drei Erzväter'. Wir sind erst neulich dort gewesen. Und der schöne Park ‚Jakobsruhe'. Da haben wir neulich einen Spaziergang gemacht."

Frau Vollstedt geriet regelrecht ins Schwärmen.

„Haben Sie auch Gustav gesehen?"

Elfriede schaute sie verschmitzt an. Bodos Mutter stutzte, doch Christhilde lachte.

„Aber ja. Das ist der Tilsiter Elch, den die Königsberger nicht haben wollten."

„Die Tilsiter lieben ihren Elch, deshalb haben sie ihm diesen Namen gegeben. Gustav klingt irgendwie liebevoll."

Am nächsten Tag würde sie ihren Eltern von diesem Abend vorschwärmen: von der herzhaften Rote-Beete-Cremesuppe, von der knusprigen Gans, deren Apfelfüllung einen köstlichen Duft über den ganzen Tisch verströmte, und den zarten Quarkplinsen, einer ostpreußischen Variante von Eierpfannkuchen, die das Mahl süß abrundeten – Elfriede meinte, noch nie so gut gegessen zu haben. Sie würde begeistert erzählen von der Herzlichkeit, mit der Bodos Verwandten sie aufgenommen, und davon, wie ungezwungen sie die meiste Zeit geplaudert hatten. Allerdings nicht immer. Natürlich hatten Vollstedts nach ihren Berufsplänen und Aktivitäten gefragt.

„Ich mache eine Ausbildung als Krankenschwester neben meiner Tätigkeit als BDM-Führerin. Demnächst werde ich mit meinen Mädels und anderen Gruppen eine Fahrt zum Tannenberg-Denkmal unternehmen. Das gehört zum Ausbildungsprogramm. Dazu kommen die Wanderungen und Übernachtungen mit Lagerfeuer und so weiter. Die Vorbereitungen kosten viel Zeit, die ich eigentlich für meine medizinische Ausbildung bräuchte. Aber so ist es nun einmal."

„Beides ist gleichermaßen wichtig. Unser Volk braucht gut ausgebildetes medizinisches Personal, wenn es sich gegen seine Feinde wehren muss", meinte Herr Vollstedt schulmeisterlich. „Und die Mädchen müssen auf ihre Mutterrolle vorbereitet werden, wozu neben der Schulung des Gemeinschaftssinnes und der körperlichen Gesunderhaltung Kenntnisse in Kochen und Handarbeiten nun einmal gehören. Das Wichtigste ist natürlich, dass eine gesunde junge Frau dem deutschen Volk viele kräftige Kinder schenkt."

Elfriede schluckte. Vielen Dank für die Predigt, dachte sie.

„Die Familie ist die Keimzelle des Volkes, nicht wahr, Bruderherz?"

Das war Hans. Er musste noch eins draufsetzen und grinste seinen Bruder und Elfriede so unverfroren an, dass Bodo beruhigend ihren Arm drückte, während ihr die Röte in die Wangen schoss. Die Mutter versuchte, die peinliche Situation zu überspielen.

„Ja, ja, aber das hat doch wirklich noch Zeit. Eine junge Frau hat auch andere Interessen als Kinderkriegen, nicht wahr, Fräulein Stein?"

Dankbar schaute Elfriede Frau Vollstedt an, doch später würde sie ihren Eltern auch von diesen unverhüllten Anspielungen mit Entrüstung berichten.

„So ein veraltetes Frauenbild! Kinder und Küche – das kann doch nicht alles sein! Ich wünsche mir zwar auch eine Familie mit Kindern, kann mir aber auch einen späteren Wiedereinstieg als Krankenschwester gut vorstellen!"

Nach dem köstlichen Essen begannen die Männer der Familie Vollstedt eine angeregte politische Diskussion. Elfriede war froh, dass ihre Schweigsamkeit in politischen Fragen nicht auffiel. Gertrude und Christhilde Vollstedt unterhielten sich über die neueste Mode und die schicken Geschäfte in Königsberg und bezogen Elfriede in ihr Gespräch ein.

Nichts würde sie ihren Eltern davon erzählen, dass Vollstedts Adolf Hitlers Politik gelobt und die Vorläufer der Nürnberger Rassengesetze, die im nächsten Jahr in Kraft treten würden, gutgeheißen hatten. Nichts davon, dass ihr Herz heftig zu schlagen anfing und ihre Hände kalt wurden, als die neuen Verordnungen erwähnt wurden, dass sie an Ruth Rosenthal denken musste, an die Drohbriefe und das ungewisse Schicksal der Freundin und daran, was ihr Vater, Ludwig Stein, seinen Töchtern eingeschärft hatte: Redet nicht über das, was ihr in den Straßen seht und hört, haltet euren Mund. Damit geht ihr allen Schwierigkeiten aus dem Wege.

Harmonisch ging der Abend zu Ende. Elfriede war nicht wirklich erstaunt, dass Bodo ihr einige Tage später erzählte, wie reizend seine Eltern die Freundin ihres Sohnes gefunden hätten. Würden ihre Eltern dasselbe von Bodo sagen? Darüber war sich Elfriede nicht so sicher. Sie kannte ihren Vater. Eine unbestimmte Furcht stieg in ihr auf.

Deine Ängste kann ich gut verstehen, Mutti.

Im Gegensatz zu den Großeltern Vollstedt, an die ich keine Erinnerung habe, sehe ich ihn deutlich vor mir: Lehrer Ludwig Stein, meinen Großvater. Eine kleine, leicht gebückte Gestalt mit gelichtetem Kopfhaar, sehr klugen Augen und einem ungemein freundlichen Lächeln. Er ruhte ganz in sich, liebte seinen Beruf und die Schulkinder, ein Leben in Beschaulichkeit.

Als ich ungefähr zwölf Jahre alt war, brachte er mir die Grundlagen des Gitarrespielens bei, nachdem beide Großeltern auch nach Geesthacht gezogen waren. Als erstes Lied lernte ich „Am Brunnen vor dem Tore". Während ich mühsam die Töne und Akkorde auf den Saiten zusammensuchte, brummte er die Melodie und zwischendurch auch den Text mit. In der unendlichen Geduld, die ich von ihm erfuhr, war er mir in meinen eigenen Lehrerjahren ein Vorbild. „Am Brunnen vor dem Tore" und mein Großvater gehören für immer zusammen.

Ganz gegensätzlich zu ihm erschien mir meine Großmutter Luise, an die ich mich nur als eigensinnige, kampfeslustige alte Dame erinnere, sehr aufrecht im Rücken und mit groben, wenn auch gleichmäßigen Gesichtszügen, wie auf diesem Foto vor mir. Deine Schwester Editha wird es im Garten in Weinoten aufgenommen haben, denn sie ist nicht mit auf dem Bild. Anders als auf dem Foto der Vollstedts steht die Gruppe locker im Grünen, jeder schaut in eine andere Richtung, die Großmutter in die Kamera, der Großvater nachdenklich in die Ferne, als ob er dort drohendes Unheil wahrnehme. Bodo und du, ihr seht euch verliebt an. Es ist Sommer, Großmutter und du tragen kurzärmelige, helle Kleider. Ludwig Stein und Bodo haben trotz des warmen Tages eine Krawatte zum weißen Hemd an, dem wichtigen Anlass angemessen. Schließlich könnte der junge Mann der erste Schwiegersohn werden.

Luise Stein hatte den Kaffeetisch mit dem guten Geschirr gedeckt, Elfriede und Editha brachten den Apfelkuchen, geschlagene Sahne und den Kaffee. Bodo scherzte mit Elfriedes jüngerer Schwester, die in Tilsit zur Schule ging und sich über die vielen offiziellen Veranstaltungen beklagte, deren Sinn sie überhaupt nicht einsah. Eifrig versuchte er, ihr deren Ziele und Absichten zu erklären, redete von der Volksgemeinschaft und dem Kameradschaftsgefühl, das gestärkt werden müsse.

Natürlich fragten ihn Elfriedes Eltern nach seiner Familie.

Bereitwillig berichtete er von seinem Vater, der als Förster aus Schleswig-Holstein nach Ostpreußen gekommen war, seine Mutter in Elbing kennengelernt und sie dort 1906 geheiratet hatte. Da der Vater aus einer Förster- und Gutsverwalterdynastie stammte, übernahm er bald von seinem Schwiegervater die Verwaltung des Gutes in der Nähe von Quittainen. Dort wurden Bodo und seine Geschwister geboren.

Doch er selbst habe keine landwirtschaftlichen Ambitionen, erklärte Bodo. Er wolle Arzt werden und sei seinen Eltern sehr dankbar, dass sie ihm das Studium ermöglichten.

Elfriede saß mit hochroten Wangen neben ihm und sah so verliebt zu ihm auf, dass Editha sich ein Gekicher nicht verkneifen konnte und sich von ihrer Mutter einen Knuff einfing. Doch die große Schwester würdigte die kleine keines Blickes.

„Man sollte meinen, dass Elfriede auch Lehrerin werden würde, wo sie diesen Beruf von ihrem Vater her so gut kennt. Doch auch sie zieht es in die Medizin", sagte Frau Stein. „Nun, vielleicht folgt ja Editha ihrem Vater nach."

„Unsere Nation braucht beide Berufe, die sich um Gesundheit und Erziehung unseres Volkes bemühen, ganz dringend", meinte Bodo diplomatisch. „Unserer Jugend müssen das Bewusstsein ihres Deutschtums und Tugenden wie Verantwortungsgefühl, Kameradschaftsgeist, Opferbereitschaft, Treue und Ehre beigebracht werden."

Ludwig Stein hatte während Bodos pathetischer Worte die Augenbrauen hochgezogen, eine Geste, die Elfriede nur zu gut kannte als Ausdruck der Missbilligung. Sie schlug die Augen nieder, ihr Herz hämmerte wild.

Gleich ist die Missstimmung da, dachte sie verzweifelt, ich hab' es ja gewusst. Was kann ich bloß tun? Doch ihr wollte nichts Gescheites einfallen.

„Das sind große Worte, Herr Vollstedt", antwortete Herr Stein bedächtig. „Wir hier draußen auf dem Lande backen sehr viel kleinere Brötchen, wenn ich das so sagen darf. Unsere Dorfkinder wachsen in einfachen Verhältnissen auf. Ich bin froh, wenn sie beim Verlassen der Schule rechnen, schreiben und lesen können, und wenn sie darüber hinaus auch den Unterschied zwischen Mein und Dein, Gut und Böse kennen und danach leben, habe ich schon sehr viel erreicht."

Elfriede hatte ihre zitternde Hand auf Bodos Arm gelegt, er spürte ihren leichten Druck und ahnte, was er bedeutete: Halt dich zurück, Bodo, nimm es meinem Vater nicht übel, er ist halt altmodisch. Hier draußen auf dem Lande sind die Leute so. Zerstöre den friedlichen Nachmittag nicht.

Bodo kannte seine harmoniebedürftige Elfriede. Doch so leicht wollte er es dem Dorfschullehrer nicht machen. Er lehnte sich zurück und verschränkte die Arme.

„Natürlich ist das sehr viel, aber für die erfolgreiche Zukunft Deutschlands wird es nicht ausreichen. Wenn unser Land in der Gemeinschaft aller Völker eine herausragende Rolle spielen und sich gegen neidische Feinde behaupten soll, dann hat jeder Einzelne die Pflicht, mit heiligem Eifer für das deutsche Volk sein Bestes zu geben. Und dieses völkische Gefühl ist doch eine große Erziehungsaufgabe, nicht wahr?"

Einen Moment war es still im Zimmer.

„Möchte jemand noch Kaffee?"

Elfriedes Mutter hatte sich mit der Kanne in der Hand erhoben, um das Schweigen zu unterbrechen. Sie schenkte Kaffee nach. Bodo zündete sich eine Zigarette an, Ludwig Stein griff nach seiner Pfeife. Jetzt schaute Elfriede ihren Vater flehend an. Aus ihren beschwörenden Augen las er eine ganze Rede, in einem Satz gipfelnd: Bitte, lass es nicht zu einem Streit kommen!

„Sie als junger Mann und Student verstehen sicher viel mehr von den nationalen Ideen und Idealen der heutigen Zeit als ich, Herr Vollstedt", lenkte der alte Herr ein. „Ich meinerseits bin in einem ganz anderen Deutschland groß geworden. Wir wuchsen als Schüler mit Goethe und

Kant auf, fühlten uns in der humanistischen Bildung sicher aufgehoben und waren in ihrer geistigen Umgebung und mit großer Selbstverständlichkeit stolz, Deutsche zu sein. Heute hingegen fühle mich regelrecht geknechtet von dem ständigen Zwang, mich deutsch zu verhalten, was das auch immer sein mag. Ständig gibt es zusätzliche Veranstaltungen, Verordnungen und Richtlinien, deren Sinn sich mir oft nicht erschließen will. Dabei geht mir ein Leben in Ruhe und Frieden über alles."

„Und diesen Frieden für unser Volk zu verteidigen müssen wir jederzeit bereit sein. Feinde und Neider gibt es genug. Schließlich geht es mit Ostpreußen wieder aufwärts, was man ja auch hier auf dem Lande sieht. Überall frisch geteerte Straßen, bebaute Äcker, renovierte Häuser. Die Arbeitslosigkeit nimmt rapide ab, den Menschen geht es fast überall gut. Die Verbesserung der gesamten Infrastruktur verdanken wir Adolf Hitler und unserem Gauleiter Erich Koch."

„Natürlich", erwiderte Ludwig Stein, „dass es unserem Land und seinen Einwohnern besser geht, ist wirklich nicht zu übersehen und sehr erfreulich. Aber wir sollten bescheiden bleiben und nicht überheblich werden."

„Bescheiden? Überheblich? Ich weiß nicht, ob das die richtigen Kriterien sind. Unser Ostpreußen steht wieder im Blickpunkt der deutschen Öffentlichkeit. Es hat wieder Gewicht in Deutschland, nachdem es jahrzehntelang in Bedeutungslosigkeit dahindümpelte. Auch das verdanken wir unserem Führer."

„Schluss jetzt mit der ganzen Politik."

Luise Stein hatte sich energisch erhoben, auch Elfriede stand erleichtert auf.

„Bodo, kommst du? Lass uns einen Spaziergang machen. Ich will dir unsere schöne Umgebung zeigen."

Während Editha begann, mit ihrer Mutter zusammen die Kaffeetafel abzuräumen und der Vater unter die Tür trat, zog Elfriede Bodo mit sich hinaus durch den Vorgarten auf die Straße. Sie hängte sich in seinen Arm ein und atmete tief durch. Ein leichter, warmer Wind fächelte ihr heißes Gesicht, die vertrauten dörflichen Geräusche beruhigten sie. Bodo beugte sich zu ihr herunter und gab ihr einen Kuss auf die Wange. Sie schaute ihn liebevoll an. Ihr Bodo war jung, intelligent, ehrgeizig und zielstrebig. Sicher wusste er, was das Richtige für ihre gemeinsame Zukunft war.

Mutti, du dachtest sicher, es würde alles gut werden. Niemals würde dein Vater dem Glück seiner älteren Tochter ein Hindernis in den Weg legen, niemals den Mann ablehnen, den du liebtest, auch wenn er große Zweifel an der Richtigkeit der nationalsozialistischen Ideale hegte und äußerst beunruhigt über die Zukunft des Staates und seiner Kinder war. Ludwig Stein liebte das Bodenständige, Kultivierte. Alles Marktschreierische, Angeberische war ihm zuwider. Du kanntest deinen Vater.

Doch „Am Brunnen vor dem Tore" war nicht mehr – für lange Zeit.

3

*I*ch stelle mir vor, ich säße auf einer Bank am Königsberger Schlossteich.

Hinter mir im Gebüsch tänzeln die Blätter im lauen Wind und säuseln eine leise Melodie. Vor mir herrscht reges Kommen und Gehen auf den Wegen, begleitet von erwartungsfrohem Lachen und erregtem Geplauder. Die Schatten der herannahenden Dämmerung huschen auf dem Wasser hin und her und streichen um die ersten mit Lampions geschmückten Boote wie streunende Katzen ums Gebüsch. Ich bewundere die bunten, durch die Wellen bewegten Spiegelbilder der Laternen, die die Boote wie Blütenkränze umgeben. Die Bänder der Studentenmützen flattern leicht, die hellen Sommerkleider der Mädchen bauschen sich sanft wie luftige Schleier.

Es ist die Nacht zum 1. Mai 1935.

Angestrengt halte ich Ausschau nach euch, Elfriede und Bodo, meinen Eltern ...

„Komm, lieber Mai, und mache die Bäume wieder grün!"

Aus einem Boot steigt das Lied in den Himmel, in vielen anderen fallen Stimmen mit ein. Bodo und seine Freunde legen sich mächtig ins Zeug, nicht nur beim Rudern, sondern auch beim Singen. Heinz Bauer und Fritz Eder halten mit Bodo das Boot auf Kurs, während Wilhelm von Berghoff nach den Sektflaschen greift, die er von zu Hause mitgebracht hat. Die Mädchen halten ihm die Gläser entgegen und bald stoßen alle auf den Mai an. Mitternacht.

„Es lebe der Mai!"

„Es lebe die Liebe!"

„Es lebe alles, was uns glücklich macht!"

Ich höre die Gläser förmlich klirren. Diese Nacht spielt ihre eigene Melodie, in der sich das zarte Plätschern des Wassers, die harten Schläge der Ruderblätter, das Gelächter der Mädchen und der Gesang der Studenten miteinander verweben.

Mit glänzenden Augen schaut Fritz Eder Elfriede an, die nur ihrem Bodo verliebte Augen macht. Und die schöne Henriette von Kampenberg ist bemüht, Bodos Interesse auf sich zu ziehen, wobei sie den ihr ergebenen Wilhelm von Berghoff völlig übersieht. Bodo jedoch lächelt nur seine Friedel an. Ein Sommernachtstraum auf dem Schlossteich, in dem jeder seinen ganz persönlichen von Glück und Liebe träumt.

Dass diese Erste-Mai-Nacht mit den Freunden auch eure letzte gemeinsame sein würde, dass Aufmärsche und Parolen die Bootsfahrten und Mailieder ablösen und Leid und Trauer euch für immer trennen würden, konntest du, Mutti, dir sicher nicht vorstellen, damals, in dieser Sommernacht, nicht wahr?

Bodo verließ Ostpreußen für einige Zeit, um in Kiel zu studieren und seine Verwandten in Preetz kennenzulernen. Die Familie seines Vaters war dort seit Generationen ansässig und als Förster tätig.

Immer wieder studiere ich die alten Familienbücher. Bodos Vater ist in Preetz in Schleswig-Holstein geboren und aufgewachsen, geheiratet hat er in Elbing im heutigen Polen, Bodos Geburt ist amtlich bestätigt in Quittainen, einem Gut der Dönhoffs in Ostpreußen. Welche Lebensziele und Hoffnungen hatten diesen Mann so weit in den Osten gespült?

Bodo kehrte für kurze Zeit zu seinen väterlichen Wurzeln zurück. Dem jungen Paar stand der erste Abschied bevor. Viele würden ihm folgen – bis zum endgültigen.

Damals aber verblassten Vergangenheit und Zukunft hinter einer Gegenwart, die durch sehnsuchtsvolle Briefe zwischen Kiel und Königsberg gefüllt wurde.

Meine innig geliebte Friedel,
vor zwei Tagen bin ich in Preetz angekommen.
Die Reise verlief problemlos, wenn sie auch ziemlich umständlich war und die langen Zugfahrten mich ermüdet haben. Auch meine Bücher und die liebevollsten Gedanken an Dich konnten eine gewisse Erschöpfung nicht verhindern. Aber Onkel Friedrich holte mich mit dem Auto in

Kiel ab, sodass mir wenigstens der letzte Bummelzug erspart blieb.

Mein Cousin Hans Friedrich ist zurzeit bei der Marine in Kiel, ihn werde ich also erst später kennenlernen.

Onkel Friedrich ist drei Jahre jünger als mein Vater, hat einen dicken Bauch, dicker als der Dir bekannte von meinem Vater, und eine Glatze. Er leitet als Oberförster ein großes Revier, in dessen Mitte das herrliche Forsthaus recht einsam liegt. Es ist ziemlich groß, sodass meine Tante Anna eine Menge Arbeit hat. Sie sieht mit ihrer schlanken Figur immer noch gut aus und war mit ihren braunen Augen und dem schmalen Gesicht sicher mal eine Schönheit, wirkt jetzt aber doch ziemlich abgearbeitet. Sie und Onkel Friedrich sind laute und fröhliche Menschen, jedoch in einem so abseits gelegenen Haus stört das natürlich keinen.

Ich habe den Eindruck, dass die neue Zeit hier im Wald noch nicht so recht angekommen ist. Zum einen sind die Verhältnisse, was Bad und Toilette anbetrifft, noch recht primitiv – die Einzelheiten werde ich Dir ersparen –, zum anderen ist jegliche Politik und damit auch der Nationalsozialismus weit weg. Nicht mal eine Fahne hängt über dem Eingang. Wenn ich morgen nach Kiel fahre, werde ich eine mitbringen.

Wie geht es meiner kleinen Friedel?

Das Foto, das Du mir zum Abschied geschenkt hast, steht hier vor mir auf dem Tisch, Du lächelst mich so lieb darauf an. Lass nur nicht den Kopf hängen, meine Liebste. Die Zeit vergeht so schnell, lass Dich durch die Arbeit im Krankenhaus und die Freunde von allen traurigen Gedanken ablenken. Grüße alle recht herzlich von mir, besonders natürlich Deine Eltern und Editha.

Viele heiße Küsse in ewiger Liebe,

Dein Bodo

Mein geliebter, großer Junge,

Du bist kaum einen Tag fort, und schon muss ich an Dich schreiben, um Dir nahe zu sein. Ich weiß überhaupt nicht, wie ich die lange Zeit ohne Dich ertragen werde. Natürlich gibt es viel zu tun, im Krankenhaus, beim BDM und zu Hause, aber am Abend und nachts fliegen meine Gedanken und mein Herz zu Dir. Immer wieder muss ich an die schönen Stunden denken, die wir miteinander verbracht haben, an all Deine lieben Worte und Deine Küsse. Jetzt schon sehne ich mich so sehr nach Dir.

Also werde ich mich in die Arbeit stürzen. Als Erstes muss ich ein Feriencamp für meine Mädelgruppe organisieren. Es soll im Juli stattfinden. Dabei geht es ja nicht nur um sportliche Aktivitäten, sondern auch um nationalsozialistischen Unterricht, um die Pflichten der deutsche Frau und ihre angemessene Stellung in der Gesellschaft. Kochen, Handarbeiten, Pflege eines gemütlichen Heimes, das ist ja noch ziemlich einfach. Doch was ist ein „politisches Mädel"? Bei dem Gedanken an ein deutsches Mädel als „Hüterin der Reinheit des deutschen Blutes" bekomme ich eine Gänsehaut. Kommt es nicht viel mehr auf Treue, Aufrichtigkeit und Liebe an? Für mich auf jeden Fall.

Hoffentlich bekomme ich bald einen Brief von Dir.

In Sehnsucht und ewiger Liebe,

Deine Friedel

Meine innig geliebte Friedel,

neben dem lieben Bild von Dir liegt Dein erster Brief, den ich mit großer Freude in Empfang genommen habe. Auch in meinem Herzen ist eine tiefe Sehnsucht nach den Stunden unserer Zweisamkeit, und sei sicher, mein Liebes, sie werden wiederkommen.

Über das Ideal der deutschen Frau werden wir uns unterhalten müssen. Worauf es ankommt, ist die Idee von der Reinhaltung des deutschen Blutes, was unser Volk stark und für die Zukunft lebensfähig macht. Das ist eine Verpflichtung für jede deutsche Frau und jeden Mann, wie Du sicher einsehen wirst.

Aber Du, meine liebste Friedel, bist von Natur eine ganz wunderbare deutsche Frau und hervorragend geeignet, dem deutschen Volk viele gesunde Kinder zu schenken. Während ich dies schreibe, sehe ich Dich rot werden, was ich auch so sehr an Dir liebe.

Gestern war ich in Kiel an der Universität und habe mich in der medizinischen Fakultät eingeschrieben. Es ist hier alles einige Nummern kleiner als in Königsberg, aber die Hauptsache ist doch, dass die Vorlesungen und alles andere gut sind. Außerdem ist die Lage der Stadt am Meer sehr reizvoll, obwohl ich mehr vom Jagen und Reiten halte. Doch davon ein anderes Mal. Die Anfahrt nach Kiel dauert ziemlich lange, sodass ich mich um ein Zimmer im Studentenwohnheim bemühen und nur am Wochenende im Forsthaus sein werde. Schließlich will ich ja lernen und nicht in der Gegend herumfahren.

Über der Eingangstür des Forsthauses hängt nun eine nagelneue Hakenkreuzfahne, wie es sich gehört. Mein Onkel schien darüber gar nicht erfreut, sodass ich ihn in nächster Zeit mal wegen seiner politischen Einstellung auf den Zahn fühlen werde. Mein Eindruck ist der einer gewissen Rückständigkeit hier.

Tante Anna und Onkel Friedrich lassen Dich ganz herzlich grüßen. Sie haben das Foto von Dir gesehen und waren natürlich neugierig, sodass ich Ihnen einiges von Dir erzählt habe. Ich stelle mir vor, dass ich Dich in meinen Armen halte und ganz innig küsse.

Behalte mich lieb.

Dein Bodo

Mein geliebter, großer Junge,

heute muss ich Dir etwas Furchtbares erzählen.

Du erinnerst Dich doch an meine Freundin Ruth Rosenthal, die mit mir in Tilsit zur Schule gegangen ist. Einmal hast Du uns zusammen im Café Schwermer in Königsberg getroffen, weißt Du noch?

Ich hatte mich vor ein paar Tagen mit ihr in Tilsit verabredet, obwohl mein Vater das nicht gerne sah, weil die Rosenthals doch Juden sind und die Leute reden. Er möchte uns halt nicht in Gefahr sehen. Aber sie ist doch immer meine Freundin gewesen, so eine Beziehung kann man doch nicht einfach abstellen wie einen Wasserhahn! Sie hat mir erzählt, dass ihr Vater, der in Tilsit ein Bekleidungsgeschäft hat, neulich nachts zusammengeschlagen worden ist und nun im Krankenhaus liegt, wo sie ihn zuerst überhaupt nicht aufnehmen und behandeln wollten. Stell' Dir das bloß vor! Ein Arzt muss doch jedem helfen, der Hilfe braucht, oder etwa nicht? Ich kann mir überhaupt nicht denken, dass Du einen Verletzten wegen seiner Herkunft oder Rasse einfach liegen lässt!

Wohin soll das noch führen, wenn Menschen Mitmenschen so missachten! Das hat mein Vater gesagt. Er beobachtet die politische Entwicklung in großer Sorge. Trotzdem hat er sehr darauf gedrängt, dass Editha und ich an einer Versammlung gegen Rassenschande in Tilsit teilnehmen, obwohl wir überhaupt keine Lust hatten. Es ist wichtig, dass ihr euch da sehen lasst, hat auch Mutter gesagt. Rassenschande, so ein furchtbares Wort!

Jetzt belästige ich Dich schon wieder mit meinen Problemen, obwohl Du sicher eigene hast.

Das Wichtigste ist doch, Dir zu sagen, dass ich Dich ewig lieben werde, was auch geschieht, und zu hoffen, dass wir nach dieser Trennung für immer vereint durchs Leben gehen können.

Sag Deiner Tante und dem Onkel viele Grüße von mir.

Es küsst Dich tausendmal

Deine Friedel

Meine innig geliebte Friedel,

inzwischen habe ich mich gut eingelebt, hier im Haus und an der Uni in Kiel. Wenn ich demnächst im Wohnheim ein Zimmer erhalte, gebe ich Dir die neue Anschrift, an die ich Dich bitte, Deine Briefe zu schicken. Einige Studienkollegen sind sehr nett, das Studium geht gut voran. Vielleicht ergibt sich über die Burschenschaft in diesem Sommer die Gelegenheit zum Segeln, das wäre eine neue Erfahrung.

Auf einem Gut in der Nachbarschaft der Försterei habe ich die Möglichkeit, am kommenden Sonntag zu reiten. Das freut mich natürlich ungemein. Der Gutsbesitzer und seine Familie sind sehr gebildete und politisch interessierte Menschen, da wird sich sicher noch so manche angeregte Unterhaltung ergeben. Onkel Friedrich kümmert sich hervorragend um seine Försterei, möchte aber sonst seine Ruhe haben, das kann man spüren. Nun aber zum Wichtigsten.

Vor ein paar Tagen sind, wie Du weißt, die Nürnberger Rassengesetze erschienen. Was sie bedeuten, muss ich Dir nicht erklären. Als BDM-Führerin bist Du ja verpflichtet, Dich genau zu informieren und Deine Mädels zu unterrichten. So viel dazu.

Wie ich vermute und auch aus Gesprächen mit Kommilitonen herausgehört habe, dürften diese Gesetze erst der Anfang sein im Bemühen, das deutsche Blut rassisch rein zu halten. Daher ist es sicher angebracht, Beziehungen zu Juden nicht weiter zu pflegen, zumal Du ja viele andere Freundinnen hast. Denke an unsere Liebe, die gemeinsame Zukunft, an unsere Kinder, an meine Karriere, die voraussetzt, dass wir zum Führer stehen und seine Arbeit für ein starkes Deutschland bedingungslos unterstützen. Wenn ich nach Hause komme, werden wir darüber reden.

Grüße bitte Deine Eltern und Schwester ganz herzlich von mir.

Ich liebe Dich unendlich und werde alles tun, um Dich glücklich zu machen,

Dein Bodo

Mein geliebter, großer Junge,

Deine Briefe sind für mich eine Quelle großer Freude, und ich lese sie immer wieder. Dann fühle ich mich Dir so nah, als würden wir von Angesicht zu Angesicht miteinander reden.

Wahrscheinlich hast Du damit recht, dass wir für unsere Liebe auch Opfer bringen müssen. Ich will an unsere Zukunft denken und alles tun, damit unsere Träume wahr werden.

Von Ruth habe ich seit damals nichts mehr gehört. Ich glaube, sie vermeidet den Kontakt, auch andere haben sie nicht mehr gesehen.

Aus der Dorfschule in Weinoten sind einige jüdische Kinder verschwunden. Sie wurden in den letzten Monaten von den anderen Kindern leider furchtbar drangsaliert. Mein Vater leidet sehr darunter, dass er sie nicht beschützen konnte, denn die meisten Misshandlungen fanden auf dem Schulweg statt. Nun hofft er, dass sie von der jüdischen Kultusgemeinde in Königsberg aufgenommen wurden und dort zur Schule gehen, zumal auch die betreffenden Familien aus Weinoten fort sind. Auf dem Dorf sprechen sich solche Dinge schnell herum. Die klugen und eifrigen jüdischen Schüler fehlen in den Klassen doch sehr, sagt mein Vater.

Von Luise, Hilde und Fritz soll ich Dich ganz herzlich grüßen. Hilde hat mich schon mehrmals nach Deiner Adresse gefragt, sie will Dir wohl schreiben. Ich glaube, sie ist ein bisschen in Dich verliebt! Aber ich werde den Teufel tun, von mir bekommt sie Deine Anschrift nicht! Niemals!

Fritz ruft mich oft an. Neulich war ich mit ihm in einem Café. (Hoffentlich wirst Du jetzt ein bisschen eifersüchtig!). Er studiert mit Eifer und Leidenschaft und hält feurige Reden über Gerechtigkeit. Sicher wird er ein guter Anwalt werden. Was mir Sorgen bereitet, sind seine geheimen Zusammenkünfte, über die er nur Andeutungen macht. Ich glaube, dass er wie sein Vater zu den Sozialdemokraten gehört, und nach der jetzigen politischen Sachlage ist das nicht ungefährlich. Ob Du ihm mal ins Gewissen redest, wenn Du Weihnachten nach Hause kommst?

Ich freue mich schon so sehr auf Dich. Wenn Du hier bist, will ich von Politik nichts hören, nur noch mit Dir allein und in Deinen Armen sein.

Viele, viele Küsse von

Deiner Friedel

Meine innig geliebte Friedel,

nun dauert es nicht mehr lange, bis ich Dich in meine Arme nehmen und Dein liebes Gesicht küssen kann. Die Zeit wird mir bis dahin allerdings nicht lang, sie ist mit den noch anstehenden Prüfungen mehr als ausgefüllt. Bisher war ich sehr erfolgreich und habe überall gut abgeschnitten. Du kannst auf Deinen Bodo stolz sein.

Auch Dein Vater wird sich auf die neue Zeit einstellen müssen. Dass ihm das schwerfällt, habe ich längst gemerkt. Für die deutschen und jüdischen Kinder dürfte es sicher besser sein, wenn sie getrennt in ihren Kulturkreisen erzogen werden. Die Rassen – und damit auch die Ziele von Bildung und Erziehung – sind doch ganz verschieden. Dein Vater sollte seine volle Kraft dafür einsetzen, deutsche

Kinder zu starken, gesunden, national denkenden Bürgern zu erziehen.

Schön ist, dass ich an den Wochenenden reiten und auf die Jagd gehen kann. Ich habe Dir ja schon von dem Gutshof in der Nähe erzählt. Stell Dir vor, die haben sogar Trakehner dort, und ich durfte eine wunderbare Stute zum Ausreiten haben.

Anschließend gab es ein köstliches Abendessen und gute Gespräche. Der Hausherr und seine Frau stehen voll hinter dem Führer und sagen Deutschland unter seiner Herrschaft eine große Zukunft voraus. Sie wollten alles über Ostpreußen wissen, das ja, von Schleswig-Holstein aus gesehen, so fern im Osten liegt. Ich habe ihnen von unseren wirtschaftlichen Fortschritten unter dem Oberpräsidenten Erich Koch erzählt, vom Ostpreußenplan usw. Sie waren sehr interessiert, wir haben uns ganz prächtig unterhalten.

Onkel und Tante sind äußerst stolz auf ihren Sohn, meinen Cousin Hans Friedrich, und erwarten, dass er bei der Marine Karriere macht. Da ist man ja sehr nationalistisch eingestellt. Neulich war Hans für einen Sonntag zu Hause, und ich muss sagen, dass er sehr gut aussah, dass die Marineuniform wirklich etwas hermacht.

Mit dem Onkel war ich schon ein paar Mal auf der Jagd, wobei ich einmal einen Bock geschossen habe. Die herbstliche Fuchsjagd auf dem nachbarlichen Gutshof vor drei Wochen hat mir die Gelegenheit gegeben, Leute aus der Umgebung kennenzulernen. Stell' Dir vor, einige kannten meinen Vater noch als Kind!

Wenn ich zu Hause eingetroffen bin, werde ich Dich anrufen, und ich wünsche mir so sehr, dass Du dann gleich in meine Arme fliegst. Wie sehne ich mich danach!

Dein Bodo

Und dann war es so weit.

Elfriede war so in ihre Handarbeit vertieft, dass sie zusammenschrak, als ein eindringliches Läuten die Stille zerschnitt. Mit einem Satz war sie am Telefon und ihr Herz klopfte heftig, als sie Bodos vertraute Stimme hörte. Gestern Abend sei er spät zu Hause eingetroffen, berichtete er, und nachdem er heute Morgen seinen Eltern ausführlich Bericht erstattet habe, würde er seine kleine Friedel am liebsten gleich sehen. Ob er vorbeikommen dürfe?

„Aber natürlich! Komm' zum Kaffee, die Eltern werden sich auch freuen! Es ist doch Sonntag, da gibt es frischen Kuchen!"

Glücklich lief sie in die Küche, um ihrer Mutter den Besuch anzukündigen, und anschließend in das Arbeitszimmer des Vaters, der, wie jeden Tag um diese Zeit und oft auch sonntags, über seinen Korrekturen und Vorbereitungen saß. Editha war mit ihrer Mädelgruppe auf einem Ausflug.

Als es an der Haustür klingelte, hatte Elfriede sich die Bluse, die Bodo am liebsten an ihr sah, mit passendem Rock angezogen und die Haare frisch gekämmt. Sie riss die Tür auf und flog in Bodos Arme. Er drückte sie so heftig, als wollte er sie niemals mehr loslassen, und gab ihr einen langen Kuss. Elfriede fuhr ihm mit den Händen durch die Haare und über das vertraute Gesicht und sah ihn selig an.

„Dass du wieder da bist, mein geliebter großer Junge!"

„Meine innig geliebte Friedel!"

Dieses spitzbübische Lächeln! Elfriede wurden die Knie weich, wenn sie ihren Bodo nur ansah. Hastig zog sie ihn ins Wohnzimmer, wo Luise Stein ihn herzlich begrüßte und ihm einen Stuhl anbot. Gleich darauf kam auch Ludwig Stein.

„Mein lieber Bodo, schön, dich wiederzusehen. Wie war es im fernen Deutschland?"

„Heil Hitler, lieber Ludwig!"

Bodo schaute Ludwig erwartungsvoll an, doch dieser blieb stumm. Nachdem der Kaffee ausgeschenkt und der Apfelkuchen herumgereicht worden war, erzählte Bodo von der Försterei, von Kiel, von seinen Verwandten.

„Man ist doch ziemlich rückständig in der Stille und Einsamkeit der Wälder, wobei es in Kiel, einer Stadt, die sich zu den Meeren öffnet, natürlich ganz anders aussieht. Onkel und Tante leben in ihrem begrenzten Kreis, wollen sich auch nicht dem Neuen öffnen, und Kontrolle gibt es so gut wie gar nicht, noch nicht. Der Nationalsozialismus wird sich bis in den hintersten Winkel von Deutschland durchsetzen, davon bin ich überzeugt, sodass eines Tages jeder Deutsche mit Begeisterung an der Zukunft unseres gemeinsamen Vaterlandes arbeitet – und die Ostpreußen ganz besonders. Wegen unserer Insellage fern vom Reich müssen wir uns mehr als andere anstrengen."

Bloß jetzt keine politischen Diskussionen, dachte Elfriede inbrünstig und überlegte fieberhaft.

„Komm, Bodo, wir gehen in den Garten."

Elfriede stand hastig auf und zog Bodo hinaus, bevor ihr Vater sich eine unverfängliche Antwort zurechtgelegt hatte.

In den kommenden Tagen der Weihnachtsferien trafen sich Elfriede und Bodo mit ihren Freunden, denn natürlich wollten alle Bodo sehen, bevor er für den Rest des Semesters wieder nach Kiel reisen würde.

Luise und Fritz Eder, Hilde Neumann, Henriette von Kampenberg und Wilhelm von Berghoff und natürlich Elfriede und Bodo – laut schnatternd saß die Runde in einer Studentenkneipe beisammen. Bodo führte das große Wort, erzählte von der Marinestadt Kiel, vom Medizinstudium, von den Professoren und Studienkollegen. Jeder wollte etwas anderes wissen und Bodo beantwortete alle Fragen ausführlich. Nichts tat er lieber, als im Mittelpunkt des allgemeinen Interesses zu stehen, während Elfriede stumm und mit glänzenden Augen neben ihm saß. Ihr Bodo war der Größte und sie war mit einer Existenz in seinem Schatten zufrieden.

Fritz Eder beugte sich weit über den Tisch vor und sah Bodo an.

„Und wie steht es mit den politischen Parteien in einer so weltoffenen Stadt am Meer? Oder fährt man auch dort so eingleisig wie hier bei uns? Vielleicht sollte man besser fragen, ob alle Kieler in einem Strom mitschwimmen?"

Bodo überlegte einen Augenblick, während er Fritz nachdenklich in die Augen blickte. Was hatte Elfriede ihm gesagt? Fritz sei Sozialdemokrat und engagiere sich da. Damit war klar, dass der Freund gefährlich lebte. Karriere machen und ein politischer Gegner sein – das konnte nicht funktionieren, das musste Fritz erkennen, wenn ihm sein Leben und das seiner Familie lieb waren.

„Weißt du, Fritz, ich glaube, dass du ein hervorragender Jurist sein wirst und Karriere als Rechtsanwalt machen kannst, wenn du die Gesetze unserer politischen Führung vertrittst und an ihrer Verbesserung und Durchführung mitarbeitest. Da sind konspirative Versammlungen und das Verteilen illegaler Flugblätter bestimmt kontraproduktiv und höchst gefährlich. Politisch auf der falschen Seite zu stehen und beruflich weiterkommen zu wollen, das verträgt sich nicht, im Gegenteil, man gefährdet sich und andere."

Das saß. Fritz blieb stumm und erkannte, dass Bodo mehr von ihm wusste, als ihm lieb war. Sollte er widersprechen, von sozialer Gerechtigkeit und demokratischer Opposition reden? Er wusste, dass Bodo ein überzeugter Nazi war. Noch waren die Gräben zwischen den Freunden verdeckt, noch vermied jeder den offenen verbalen Schlagabtausch. Aber wie lange noch?

„Jetzt lasst doch mal die Politik sein, gibt es denn nichts anderes in Kiel, zum Beispiel hübsche Mädchen?"

Hilde Neumann sah erst Elfriede, dann Bodo herausfordernd an. Während Elfriede nicht wusste, wohin sie schauen sollte, lächelte Bodo leicht und legte beschwichtigend seine Hand auf ihre. Bestimmt hat sie sich nur für Bodo so herausgeputzt, dachte Elfriede, sie will seine Aufmerksamkeit auf sich ziehen. Hildes blonde Locken glänzten gepflegt, sie hatte sich stark geschminkt und Rouge aufgelegt. Die Lippen waren in leuchtendem Rot nachgezogen. Natürlich trug sie ein Kleid nach der neuesten Mode.

„Du siehst wunderbar aus, Hilde, und könntest mit jeder Kieler Sprotte mithalten. So nennt man die jungen Mädchen in Kiel. Eine Sprotte ist ein kleiner geräucherter Fisch, den man aus der Hand isst."

„Sehe ich etwa geräuchert aus?"

„Nein, aber zum Anbeißen."

Alle lachten. Die Scherze flogen hin und her, bis man zu später Stunde auseinanderging.

Bodo brachte Elfriede im Wagen seines Vaters nach Hause.

„Wie sehr wünsche ich mir, dass wir uns nachts nicht trennen müssten", flüsterte Bodo beim Abschied.

„Das wäre wunderbar."

Elfriede schmiegte sich in seinen Arm.

„Wenn ich wieder zu Hause bin, und das dauert nur noch wenige Wochen, werde ich mir eine kleine Wohnung in Königsberg nehmen, zuerst mal bis zum Staatsexamen, dann wird man weitersehen. Ich habe schon mit Vater gesprochen. Er wird sie finanzieren und sich, während ich in Kiel bin, nach etwas Passendem umsehen. Und dann ..."

Bodo sprach nicht weiter, sondern küsste Elfriede heftig.

Weihnachten kam und ging vorüber. Elfriede besuchte Bodos Eltern, Bodo die ihren. Die weitverbreitete Sehnsucht nach Frieden und Ruhe hielt politische Diskussionen fern von Kerzenschein und Weihnachtskuchen. Bodo akzeptierte Elfriedes familiäres Harmoniebedürfnis und verkniff sich seine Vorträge und Belehrungen, wofür sie ihm außerordentlich dankbar war. Auch der Jahreswechsel sah die Freunde zusammen feiern. Miteinander reden, essen, trinken, Musik hören, spazieren gehen – das Leben konnte so einfach sein.

„Vergiss mich nicht, liebste Friedel!"

„Ich bin dein für immer, das weißt du doch! Komm schnell wieder nach Hause!"

„Ich komme, so bald ich kann. Und dann werden wir uns nie mehr trennen."

Der Zug fuhr an. Abschied. Einer von vielen.

4

Zwei Fotos von dir, Mutti, fallen mir ganz besonders auf; ich lege sie nebeneinander:

Auf beiden trägst du ein weißes Kleid. Einmal liegt eine Schärpe mit Hakenkreuz quer über der Brust, auf dem anderen kann man am Rand eine Armbinde erkennen, auf der wahrscheinlich ebenfalls ein Hakenkreuz prangt. Einmal lachst du herzlich in die Kamera, aber das andere Gesicht zeigt einen ernsten, fragenden Ausdruck. Wie gern würde ich hinter deine Stirn schauen, um herauszufinden, welche Gedanken dich in jenen Jahren beschäftigten. Du warst so jung damals, um die zwanzig. Du hast vielleicht in Zweifel gezogen, was an politischen Parolen und Aktivitäten an dich herangetragen, was auf der Straße und in den Zeitungen an rassistischem Gedankengut und Zielsetzungen sichtbar wurde. Oder war dein Kopf voller romantischer Jungmädchenträume, nahtlos übergehend in die leidenschaftliche Liebe zu Bodo? Wie viel Raum gab es da noch für Zweifel, Überlegungen, kritische Gedanken?

Ich erinnere mich, einmal, zwanzig Jahre später, saßen meine Geschwister und ich um den Küchentisch beim Mittagessen. Wir hatten in der Schule vom Nationalsozialismus gehört und fragten dich, wie das damals war in der Hitlerzeit. Seltsam, dass ich mich an deine Antworten nicht erinnern kann. Hast du überhaupt etwas gesagt? Oder bist du ausgewichen, hast das Thema gewechselt wie so oft, wenn dir diese schmerzvolle Vergangenheit zu nahekam. Erst sehr viel später habe ich verstanden, dass du zu den stummen Frauen gehörtest, von denen ich gelesen hatte, zu jenen Frauen, die über die Wunden in ihren Herzen nie reden konnten, weil sie zu sehr schmerzten. Die wirklichen, persönlichen Erfahrungen der Kriegsjahre und der Flucht versanken immer tiefer im Brunnen des Schweigens und das Leben lagerte Schicht um Schicht an Gegenwart darüber ab.

Wir Geschwister fragten nie wieder.

Zwei Fotos.

Zart streichle ich über das ernste Gesicht und lächle verschwörerisch das strahlende an. Plötzlich ist mir, als säßest du an der gegenüberliegenden Seite des Tisches. Ich verstehe dich schon, deine Tochter war schließlich auch mal zwanzig. Da gibt es Spannenderes als Gesetze, Versammlungen und Aufmärsche, nämlich Sehnsüchte, Träume und Hoffnungen ...

Wie so oft saß Elfriede zu Hause in Weinoten und träumte mit einem Brief in der Hand vor sich hin.

Seinen Inhalt kannte sie fast auswendig, so oft hatte sie ihn schon gelesen, Bodos letzten Brief aus Kiel, denn in wenigen Tagen würde er zurückkommen, für immer. Er schrieb von seinen mit Glanz bestandenen Prüfungen, von einem letzten Segeltörn, dem letzten Burschenschaftsabend. Noch einmal würde er durch die Wälder Schleswig-Holsteins reiten, mit dem Onkel auf die Jagd gehen und den wunderbaren Käsekuchen der Tante essen, mit dem Cousin politische Diskussionen führen. Und sich auf zu Hause freuen, um seine kleine Friedel in die Arme zu nehmen und nie mehr allein zu lassen. So stand es in dem Brief.

Immer wieder malte sie sich den Moment des Wiedersehens aus, stellte sich sein liebes Lausbubengesicht vor und fühlte seine Arme um ihre Schultern. Nur das zählte.

Dass Hitlers bevorstehender Besuch in Königsberg Tagesgespräch war, dass zu den schon vorhandenen Fahnen und Lautsprechern noch viele mehr aufgehängt wurden, sodass alle Straßen beflaggt und beschallt waren, dass sie mit ihrer Mädelgruppe zu Reinigungsaktionen kommandiert wurde und ein Appell den nächsten jagte, zog wie hinter einem Vorhang an ihrem Bewusstsein vorbei. Auch die Tatsache, dass die bevorstehenden Olympischen Spiele ihre Schatten weit vorauswarfen und zu allen politischen Aktivitäten auch noch sportliche traten, löste bei ihr nur automatische Reaktionen aus. Sie handelte wie in Trance und spulte alle geforderten Einsätze mechanisch ab.

Was zählte, war Bodos Heimkehr. Wie würde das Leben dann sein? Wie würde sie mit den Schwierigkeiten, die sich am Horizont ihrer Beziehung abzeichneten, zurechtkommen?

Und solche gab es genug.

„Dein Vater ist kein überzeugter Nationalsozialist", hatte Bodo gesagt, nachdem er Ludwig Stein kennengelernt hatte. Das stimmte. Und damit hatte sie ihr erstes Problem. Wie sollte sie sich als Bodos Ehefrau verhalten, ohne ihren Vater zu kränken?

Dass Bodo kompromisslos im Sinne der neuen Rassengesetze dachte, brachte sie in ihrem Verhältnis zu jüdischen Freunden in weitere Schwierigkeiten. Was durfte, was musste sie tun, was lassen?

Dass seine Karriere trotz aller Liebesbeteuerungen das Wichtigste in seinem Leben sein würde, ahnte sie. Und dass er ihr die Rolle der Hausfrau und Mutter ganz selbstverständlich und im Sinne des nationalsozialistischen Frauenverständnisses zugedacht hatte, war ihr ebenfalls bewusst. Welche Konsequenzen würde das für ihr gemeinsames Leben haben?

Fragen über Fragen, über die sie nachdenken musste.

Dass Elfriede oft schweigsam war, geistesabwesend wirkte und sich hinter ihren Handarbeiten verkroch, wenn alle häuslichen Pflichten erledigt waren, fiel der Mutter bald auf.

An einem stillen Sonntagabend, als Editha bei ihren Freundinnen war und der Vater wie immer über seinen Büchern und Heften saß, setzte sie sich zu Elfriede.

In den folgenden Tagen ließ Elfriede sich das Gespräch mit ihrer Mutter wieder und wieder durch den Kopf gehen.

„Bald kommt Bodo nach Hause, nicht wahr, Elfchen?"

„Ja, in spätestens zehn Tagen."

„Und dann arbeitet er sicher aufs Staatsexamen hin. Ist er eigentlich schon Parteimitglied?"

„Ja, schon länger, glaube ich. Ohne Parteibuch geht doch bei uns nichts, das weißt du doch."

„Selbstverständlich weiß ich das. Und ich weiß auch, dass du dir Sorgen machst, weil dein Vater nun mal eine eher ablehnende Haltung gegenüber unserer Staatsmacht einnimmt."

„Das stimmt. Ich hasse Auseinandersetzungen und Missstimmungen um Politik und Ideologien."

Wie gut die Mutter ihre Tochter kannte!

„Wenn du Bodo liebst und ihn heiraten willst, musst du ganz hinter deinem Mann stehen, sonst machst du dir das Leben unnötig schwer. Wir wissen doch, dass du deinen Vater lieb hast. Und er wird alles tun, um Auseinandersetzungen mit deinem künftigen Mann zu vermeiden."

„Das weiß ich. Aber was ist mit Ruth und meinen anderen jüdischen Freundinnen? Darf ich nicht mehr mit ihnen verkehren? Oder nur noch heimlich? Jahrelang haben Ruth und ich nebeneinander auf der Schulbank gesessen und Freuden und Sorgen miteinander geteilt. Ruths Familie hat es jetzt schon furchtbar schwer im Leben, und wer weiß schon, was noch auf sie zukommt. Dabei sind es feine und anständige Menschen, ich verstehe überhaupt nicht, warum ich sie hassen soll. Ruth ruft mich nicht mehr an, hat sich völlig zurückgezogen. Ich weiß, dass sie mich nicht in Schwierigkeiten bringen will. Was ist, wenn Bodo mir den Umgang verbietet? Was mache ich dann? Sag' es mir bitte!"

Immer lauter und verzweifelter war ihre Stimme geworden und als sie schwieg, lastete die Stille im Zimmer schwer. Frau Stein sagte lange nichts, legte dann die Hand auf die ihrer Tochter und sah Elfriede sorgenvoll an.

„Ich weiß, Elfchen, die Zeiten sind schwer. Natürlich machen Ludwig und ich uns große Sorgen. Neulich habe ich mit ihm gesprochen und ihn inständig gebeten, um unserer eigenen und unserer Schulkinder Zukunft willen die von den Machthabern geforderten Dinge an der Schule zu tun und zu lehren. Geht es jemanden etwas an, wie er in seinem Innersten politisch wirklich denkt? Ich habe mich entschlossen, aus demselben Grund nicht mehr in jüdischen Geschäften einzukaufen, auch wenn sie uns am nächsten liegen, und nicht mehr mit jüdischen Familien zu verkehren. Geht es jemanden etwas an, wie ich wirklich zu den Rassengesetzen stehe? Ich werde es nicht an die große Glocke hängen. ‚Die Gedanken sind frei', hat dein Vater dich gelehrt, und als du klein warst, haben wir das Lied oft gesungen. Denken und Handeln laufen aber heute nicht mehr parallel, sondern sind wie zwei Hunde an derselben Leine, die in verschiedene Richtungen ziehen. Die Öffentlichkeit darf aber nur eine Leine sehen, verstehst du? Wir alle wollen leben, überleben, du willst heiraten und eine Familie gründen, und deine Schwester wird es eines Tages auch wollen."

Die Mutter hatte den Druck auf ihren Arm verstärkt. Elfriede hatte den Eindruck, als klammere sie sich an. In ihren Augen standen Tränen und um ihren Mund zuckte es, als ob sie weinen wollte. Elfriede erschrak zutiefst, denn sie konnte sich nicht erinnern, ihre Mutter jemals weinen gesehen zu haben. Sie streichelte beruhigend ihre Hand.

„Schon gut, bitte, reg dich nicht auf, ich habe dich ja verstanden. Und bis Bodo kommt, habe ich Zeit zum Nachdenken."

Die Gartentür klappte, ein Schatten huschte zur Haustür.

„Ist jemand zu Hause?"

Mit hochrotem Gesicht und zerzausten Haaren stürmte Editha herein.

„Rosenthals Geschäft ist letzte Nacht abgebrannt!"

Anfang März war die Luft noch kühl. Kahl reckten die Bäume ihre Äste in den blassblauen Himmel. Braune, verdorrte Blätter des Vorjahres bedeckten die Wege und Wiesen, nur selten konnte man einen vorwitzigen frischen Grashalm entdecken. Ab und zu durchbrach ein Vogel mit verfrühtem Gezwitscher die Stille des Parks Jakobsruh in Tilsit.

Elfriede und Ruth trafen sich am Luisendenkmal; damals, 1936, hätte niemand geglaubt, dass dieser beliebte Treffpunkt für Verabredungen keine weiteren zehn Jahre mehr an seinem Platz stehen würde, wie so manche andere, den Tilsitern ans Herz gewachsene Gebäude auch nicht.

An diesem frühen Morgen umarmten sich die beiden jungen Frauen schweigend und schlenderten untergehakt über die einsamen Wege. Kein Mensch war um diese Zeit hier unterwegs und das war den Freundinnen gerade recht.

„Schön, dass du gekommen bist, Ruth."

Elfriede drückte erleichtert den Arm ihrer Freundin.

„Nein, es ist wohl eher umgekehrt. Ich bin dir dankbar, dass du da bist. Wenn dich jemand sieht, wirst du Schwierigkeiten haben."

Ruth hielt den Kopf gesenkt. Ihre Stimme klang mutlos und bitter.

„Du weißt, dass du dich in Gefahr bringst, wenn wir zusammen beobachtet werden. Trotzdem bin ich dir sehr dankbar, dass ich dich noch einmal sehen darf."

Der Klang ihrer Stimme ließ Elfriede aufhorchen.

„Was meinst du, Ruth? Ich habe gehört, dass euer Geschäft abgebrannt ist. Das tut mir furchtbar leid. Was werdet ihr denn jetzt machen?"

„Wir wissen es noch nicht. Die jüdische Gemeinde in Königsberg unterstützt uns, wo sie nur kann, wir haben dort auch eine Notunterkunft gefunden. Meine Mutter weint den ganzen Tag, Vater ist auf der Suche nach einer Zukunft für uns. Möglicherweise verlassen wir Deutschland. Aber behalte das bitte für dich, eigentlich darf ich dir das gar nicht sagen."

„Natürlich. Wollt ihr wirklich ganz fort von hier? Ich fände das schrecklich, du bist doch meine engste Freundin, aber für euch wäre es wahrscheinlich das Beste."

„So sind die Zeiten nun einmal. Wir haben uns dieses elende Leben nicht ausgesucht."

Die Freundinnen schwiegen. Ihre Schritte knirschten auf dem Kies des Weges. Die Ahnung von schicksalsschweren Entscheidungen in naher Zukunft schnürte Elfriede das Herz ein. Mit einem tiefen Atemzug versuchte sie, den Sorgenpanzer um ihre Brust zu sprengen.

„Weißt du etwas von Heinz Bauer? Du kennst ihn doch, seine Eltern haben den Buchladen ganz in der Nähe der Uni. Bodo und ich sind oft da gewesen, auch viele Professoren und Studenten haben bei Bauers ihre Fachliteratur gekauft."

„Ja, natürlich kenne ich Bauers. Doch seitdem es verboten ist, in jüdischen Geschäften einzukaufen, und jeder Deutsche, der das trotzdem tut, mit Strafe rechnen muss, ist der Laden tot. Herr Bauer hat schon so manches Verhör und einige Nächte im Gefängnis über sich ergehen lassen müssen. Sie denken ebenfalls an Auswanderung wie viele andere Juden auch."

„Heinz wollte doch Medizin studieren. Er wäre sicher ein guter Arzt geworden."

„Medizin kann er überall studieren."

Ruth wechselte das Thema.

„Wann kommt denn Bodo zurück? Werdet ihr jetzt heiraten?"

„Bodo kommt in wenigen Tagen. Das Semester und alle Prüfungen sind abgeschlossen. Heiraten? Nicht so schnell, aber vielleicht verloben. Ich wollte dich unbedingt vor seiner Heimkehr sehen, hinterher wird es nicht mehr so einfach sein."

„Das ist wohl wahr. Bodo will Arzt werden, Karriere machen. Da muss man hundertprozentig sein und eine bestimmte Rasseneinstellung haben, nicht wahr? Und du, wo stehst du, Elfchen?"

Ruth war stehen geblieben und sah ihrer Freundin aufmerksam in die Augen. Der Kosename stach wie ein Dorn in Elfriedes Herz und schmerzte. Sie musste ihn herausziehen mit der Wahrheit als Werkzeug, wenn ihre Freundschaft nicht gleich zugrunde gehen, wenn etwas von jahrelangem Miteinander diese leidvollen Zeiten überdauern sollte.

„Wenn Bodo wieder zu Hause ist, werden wir an unserer gemeinsamen Zukunft arbeiten. Das bedeutet, dass ich dich nur selten und unter größten Sicherheitsmaßnahmen treffen kann. Ich werde es versuchen, aber ob ich es durchhalten kann …"

„Ich weiß."

Ruths Stimme versagte. Ihr Gesicht war kalkweiß, um ihre Mundwinkel zuckte es. Tränen liefen über ihr Gesicht.

„Ich danke dir für deine Ehrlichkeit, Elfchen. Und für die vielen Jahre deiner Freundschaft."

Inzwischen waren sie wieder am Denkmal der Königin angekommen. Auch Elfriede weinte, ihre Stimme zitterte. Sie nahm Ruth in die Arme.

„Liebste Ruth, sag deinen Eltern ganz liebe Grüße von mir, ich hoffe mit ihnen auf eine lebenswerte Zukunft, wobei ich mir gar nicht vorzustellen wage, wie sie für euch aussehen wird. Und dir, meine allerbeste Freundin, wünsche ich gute Tage, wo auch immer auf der Welt."

Plötzlich spürte Elfriede, wie die Freundin ihr einen kleinen glatten Gegenstand in die Hand drückte.

„Hier, Elfchen", flüsterte Ruth ihr ins Ohr, „nimm dies als Unterpfand unserer Freundschaft. Hüte es gut bis zu unserem Wiedersehen in einem friedlichen Land in friedlicher Zeit."

Schnell drehte sie sich um und lief fort. Elfriede stand wie angewurzelt am Fuße des Sockels, drückte die Faust an ihre Brust und sah der Freundin nach, bis sie hinter einer Wegebiegung verschwunden war.

Dann öffnete sie langsam ihre Hand und als sie Ruths Geschenk sah, fing sie wieder an zu weinen.

Der kleine Engel aus Lapislazuli, nicht größer als ein Daumen, mit geneigtem Kopf, zum Beten gefalteten Händen und bodenlangen Flügeln lag kühl und glatt auf ihrer Handfläche. Elfriede verstand. Der Lapislazuli galt als Symbol für Gesundheit, Freude und Heiterkeit, wovon jetzt viel zu wenig in der Welt war, ein Zustand, der ein trotziges ‚Und jetzt erst recht‘ herausforderte. Außerdem war er seit alters her ein Freundschaftsstein und stand für Frieden in einer besseren Welt, in der Ruth und sie sich wiederfinden würden.

Fest schloss Elfriede die Finger um den blauen Engel. Sie würde ihn hüten wie den allergrößten Schatz, ihr ganzes Leben lang. Schon jetzt fühlte sie sich getröstet, ihre Tränen versiegten, sie wurde innerlich ganz ruhig und machte sich auf den Heimweg.

„Vati, ich muss mit dir reden!"

Ohne anzuklopfen, war Elfriede in das Arbeitszimmer ihres Vaters gestürmt. Als Ludwig Stein das rote Gesicht, die aufgelösten Haare und die blitzenden Augen seiner Tochter sah, als ihre Erregung ihn wie ein wildes Tier ansprang und er ihr Verhalten als sehr ungewöhnlich erkannte, schluckte er den aufsteigenden Ärger über die Störung seiner Gedankengänge hinunter.

„Komm, setze dich. Was ist denn los? Ist etwas mit Bodo?"

Elfriede ließ sich in den zweiten Sessel neben dem Schreibtisch fallen.

„Bodo kommt übermorgen, das ist es ja. Ich muss unbedingt Klarheit haben, wie es mit dir und ihm weitergehen soll. Wir brauchen uns nichts vorzumachen, wir wissen beide, dass du und Bodo sehr unterschiedliche Meinungen von unserem Führer und dem Nationalsozialismus habt. Ich möchte Bodo heiraten, wir werden uns demnächst verloben. Aber ich möchte auch keine Differenzen mit dir, keine Streitereien …"

Elfriede verstummte und atmete schwer.

Ludwig Stein beugte sich vor und strich seiner Ältesten beruhigend über den Arm.

„Reg' dich bitte nicht so auf, Elfchen. Es wird alles gut. Natürlich ist es schon so, dass ich mit unserem Herrn Hitler und seinem Fußvolk nicht viel im Sinn habe, ihnen auch nichts Gutes zutraue. Die Zeichen der Zeit empfinde ich als besorgniserregend. Selbst hier in unserem so beschaulichen Weinoten gibt es jetzt fast täglich Aktionen, Aufmärsche, Kundgebungen. Irgendwelche Braunhemden marschieren immer, brüllen Parolen, die mir ohne Sinn und Verstand erscheinen. Warum tun sie das den Menschen an? Oft habe ich das Gefühl, die Leute sollen dazu erzogen werden zu handeln, ohne zu denken. Dabei war unsere Universität ‚Albertina' berühmt für ihre Denker und Philosophen. Doch heute dröhnen an jeder zweiten Ecke Parolen und Märsche aus Lautsprechern den Bürgern die Ohren zu. Wo bleiben die leisen Töne, die zarten, gefühlvollen? Und von dem Drama mit unseren jüdischen Mitmenschen brauchen wir gar nicht erst zu reden. Da sind wir wohl einer Meinung."

Der Vater machte eine Pause. Elfriede hatte sich während seiner Rede beruhigt und ihm aufmerksam zugehört.

„Die jungen Leute heute, auch viele meiner Freunde, sehen die Dinge anders, glauben an den Aufbruch, an eine neue Zeit, an die große Bedeutung Deutschlands im Kreise der Weltmächte, und machen begeistert bei allen angeordneten Aktionen mit. Manchmal habe ich das Gefühl, sie berauschen sich an einem diffusen Zusammengehörigkeits- und Machtgefühl. Ich spiele ja bis zu einem gewissen Grad auch mit, obwohl meine Begeisterung sich sehr in Grenzen hält."

Elfriedes Stimme war immer leiser geworden und ihr Vater hatte den Eindruck, als ob Schuldgefühle darin mitschwangen.

„Wir wollen doch alle leben, nicht wahr? Also werden wir das Spiel mitspielen, solange wir können und die Angst vor dem Morgen uns nicht die Kehle zuschnürt. Und was Bodo betrifft, ich werde nichts tun, was ihn verärgern und in Schwierigkeiten bringen könnte, solange ich es irgendwie mit meinem Gewissen vereinbaren kann, das verspreche ich dir. Schließlich wünsche ich mir von Herzen, dass meine Große glücklich wird."

Der alte Lehrer strich seiner Tochter über die Haare.

„Ich danke dir, Vati."

Erleichtert stand Elfriede auf und ging hinaus in den Garten. Sie wollte mit dem wirren Knäuel ihrer Gefühle und Gedanken allein sein und Herz und Kopf aufräumen. Einen ganzen Tag und zwei Nächte hatte sie dafür Zeit, bis Bodo kam. Das musste reichen.

Dass Ludwig Stein sie nachdenklich aus dem Fenster betrachtete, dass er sorgenvolle Blicke zur mehrere Hundert Meter entfernten Scheune schweifen ließ, die gefährdete und gefährliche Gäste beherbergte, dass er sich zu Luise umdrehte, etwas sagte und heftig den Kopf schüttelte, bemerkte sie nicht.

Die Scheune sah wie immer aus.

Die Zeit jagte Tage und Nächte vor sich her und Elfriede wirbelte darin wie ein Blatt im Wind.

Mit Bodo kamen die Stunden der Zweisamkeit, der Zärtlichkeit und liebevollen Heiterkeit, der hitzigen Debatten im Freundeskreis und des freundschaftlichen Miteinanders im Familienkreis zurück. Nie hatte Elfriede Bodo mehr geliebt als jetzt, alle Zweifel an einer gemeinsamen Zukunft verflüchtigten sich wie Nebelschwaden in der Sonne.

Die warmen Frühlingstage gaben den beiden Gelegenheit für lange Spaziergänge und Zeit zum Schmieden von Zukunftsplänen.

Bodos Vater hatte für ihn in Königsberg eine kleine Wohnung gemietet, sodass der ungestörten Vorbereitung auf das Staatsexamen nichts im Wege stand – und manchem anderen auch nicht. Oft zog Bodo seine Friedel an sich und flüsterte ihr zu:

„Meine kleine Friedel, ich kann mir durchaus auch andere, vergnüglichere Stunden dort vorstellen als die ewige Lernerei, du doch auch, nicht wahr?"

Wenn sie dann über und über rot wurde, neckte er sie damit.

Politische Ereignisse warfen ihre Schatten voraus. Hitlers Besuch in Königsberg am 1. Mai 1936 war so ein Großereignis.

„Natürlich gehen wir hin und hören die Rede des Führers!"

Für Bodo war das selbstverständlich und so trafen sie sich mit den Freunden zur großen Kundgebung. Sie nahmen die Massenveranstaltung zum Anlass, hinterher mit ihren Freunden wie in alten Zeiten zusammenzusitzen. Wilhelm, Bodo und Fritz prahlten mit ihren Studienerfolgen, schwärmten von Professoren, warfen mit fachlichen und politischen Schlagwörtern um sich und malten sich ihre Zukunft als Arzt oder Rechtsanwalt in rosigen Farben aus.

„Wir sind Deutschlands Zukunft! Das verdanken wir alles unserem Führer!"

Das war Wilhelm. Elfriede schaute nachdenklich von einem zum anderen. Die drei werden einen hohen Preis für beruflichen Erfolg und gesellschaftliches Ansehen zahlen müssen, dachte sie, und Fritz mit seinen politischen Ansichten den höchsten. Ob sie das ahnten? Vielleicht war das tief im Inneren verborgene Wissen um bevorstehende Schwierigkeiten die Ursache für ihren überdrehten Optimismus.

Luise war wie sie selbst Krankenschwester geworden und arbeitete im Tilsiter Krankenhaus „Stadtheide", während sie selbst demnächst in Königsberg anfangen würde.

„Und du, meine Hübsche, was tust du den lieben langen Tag?"

Bodo sah Hilde mit einem spitzbübischen Lächeln an.

Etwas gekünstelt lachte Hilde auf. Perfekt zurechtgemacht und angezogen, saß sie mit übergeschlagenen Beinen zwischen den anderen und rauchte. Elfriede fühlte sich wieder einmal wie eine Landpomeranze.

„Ich warte auf den Mann meiner Träume, aus denen ich dich inzwischen verbannt habe, denn du bist wohl für mich ein hoffnungsloser Fall."

Alle lachten, wussten sie doch, dass Elfriede und Bodo fest liiert waren.

„Ansonsten helfe ich meinem Vater im Holzgeschäft, lerne Buchhaltung und alles andere. Da gibt es so viel zu tun wie noch nie. Und irgendwann wird mein Märchenprinz schon vorbeikommen."

Das war typisch Hilde. Henriette schüttelte den Kopf.

„Für eine intelligente, gebildete Frau kann Heiraten und Kinderkriegen doch nicht alles sein. Ich weiß, dass dem Nationalsozialismus die Mutter am Herd, umgeben von einer möglichst großen Schar Kinder, heilig ist, doch ich möchte Medizin studieren und Ärztin werden. Das ist mein Ziel."

Selbstbewusst schaute sie im Kreis herum. Luise und Elfriede sahen sich an, Fritz lehnte sich über den Tisch, schaute von Wilhelm zu Henriette und grinste.

„Warte nur, bis der Richtige kommt, dann denkst du sicher auch anders."

Henriette bekam einen roten Kopf, sagte aber nichts mehr. Mit überlegenem Lächeln sah Wilhelm von Berghoff über Fritz Eder hinweg.

„Eines Tages werde ich für unsere Güter verantwortlich sein. Da ist es wichtig, dass ich die richtige Einstellung zum Staat habe – und er von mir den richtigen Eindruck. Und ich brauche eine Frau, die einen Gutshaushalt mit vielen abhängigen Menschen leiten kann und für die Kinder zu haben und für eine Familie zu sorgen Grundlage ihres Selbstverständnisses ist."

Jeder wusste, dass diese Botschaft an Henriette gerichtet war, die betont konzentriert ein Gemälde an der Wand betrachtete. Luise und Elfriede kicherten.

„Das hast du aber schön gesagt, Wilhelm, kannst du uns das schriftlich geben?"

Die Freunde genossen das Zusammensein, nach ein paar Stunden ging man angeregt und in bester Stimmung auseinander.

Bodo brachte Elfriede im Wagen seines Vaters nach Hause. Sie berichtete ihren Eltern von der großen Kundgebung in allen Einzelheiten und erzählte von den Freunden und deren Zukunftsplänen, als das Telefon ging. Ein verstörter Bodo war am Apparat.

„Friedel, es gibt schlechte Nachrichten. So wie es aussieht, ist mein Vater auf und davon. Im Klartext, er hat seine Familie verlassen."

Da ist doch dieser Brief aus dem Jahr 1942! Ich suche ihn aus dem Stapel heraus. Darin stellt Bodo den Kontakt zu seiner Schwester Christel wieder her, zu der er, genauso wie zu seinem Bruder, lange keine Verbindung hatte; denn er schreibt: „Ich freue mich wirklich von Herzen, dass wir nun wieder voneinander hören ...", und einige Seiten später: „Von Heinz (seinem Zwillingsbruder) habe ich seit langer Zeit nichts mehr gehört ..." Nachdenklich lasse ich den Brief sinken. 1936, als die Aufmerksamkeit der deutschen Bevölkerung auf die Olympischen Spiele in Berlin gerichtet war, zerbrach die Familie Vollstedt. Unruhige Zeiten wälzen Familienstrukturen um, wirbeln Menschen von Ort zu Ort, zerreißen Bindungen und lassen den Menschen nicht genügend Zeit, neue zu knüpfen und alte an die gegenwärtigen Verhältnisse anzupassen.

Ich nehme den Brief wieder zur Hand. Kurz und bündig informiert Bodo seine Schwester: „... machte 1936 mein Staatsexamen in Königsberg, trat dann in die Wehrmacht ein und bin seit 1936 also Arzt ..."

Die folgenden anderthalb Jahre waren mit der Grundausbildung und Lehrgängen bei der Wehrmacht ausgefüllt.

Immer wieder frage ich mich, warum er nicht, an das Examen anschließend, gleich auch den Doktortitel erwarb. Hielt er ihn für überflüssig? Warum hast du, Mutti, von der ich weiß, dass Titel für dich wichtig waren, ihn nicht zur Promotion gedrängt?

Möglich ist auch, dass es ihn mit aller Macht zum Militär zog, denn in demselben Brief an seine Schwester schreibt er zwei Seiten später: „... und warte sehnsüchtig auf eine Versetzung zum Feldheer ... trotz glücklicher Ehe, Frau und Kindern, aber ein junger, aktiver Offizier gehört an die Front."

Erst sehr viel später, als der Krieg schon zu Ende war, wird er einen vorsichtigen Blick in eine ungewisse Zukunft gerichtet haben und am 25.10.1945 an dich schreiben: „Hoffentlich kann auch ich hier noch vorläufig bleiben bis zum Eintritt der besseren Jahreszeit. Sehr gern würde ich dann irgendwohin als Landarzt gehen, zunächst als Vertreter und dann im Herbst eine eigene Praxis übernehmen bzw. eröffnen."

Ich vermute, dass ihm langsam das Problem der fehlenden Promotion klar wurde, denn in seinem Brief vom 29.11.1945, dem letzten, den er vor unserem Eintreffen in Geesthacht an dich schrieb, heißt es: „Hoffentlich gibt es endlich mal Ruhe und geordnete Verhältnisse, um endlich zum Doktortitel zu kommen, der ja nun mal scheinbar dazugehört, aber kein Zeichen besonders viel und guten ärztlichen Könnens und Wissens ist."

Damals jedoch, 1936, konnte er nicht ahnen, dass der Verzicht auf die Promotion ein so großer Fehler war, dass ihr Nichterwerb eines Tages schwerwiegende Folgen für ihn haben würde.

5

*E*in braunes Fotoalbum, nur wenig größer als eine Zigaretten-
schachtel, aber um einiges dicker. *Obwohl es inzwischen siebzig
Jahre alt ist, weist es äußerlich keine Beschädigung auf, der lederne Ein-
band ist allerdings hart geworden. Ganz vorsichtig öffne ich den Druck-
knopf, die einzelnen Fototaschen aus brüchigem Pergamentpapier entfal-
ten sich wie ein Fächer. Nur auf wenigen der vergilbten Rückseiten steht
ein Datum; der mit dem Album Beschenkte hatte sie im Kopf.*

Elfriede mit Bodo im Garten, beim Akkordeonspielen,

*Der junge Sanitätsarzt nahm das kleine Album sicher mit, wenn er un-
terwegs war, und das war er in späteren Jahren fast immer. Kasernen,
Feldlazarette, Kriegsschauplätze, was könnte das Büchlein wohl alles
erzählen? Von Leid und Tod, von Gedanken der Sehnsucht und Briefen
der Liebe. Auch sie liegen hier auf dem Tisch.*

*Dein Leben wird sich in den kommenden Jahren nicht von dem ande-
rer Soldatenfrauen unterschieden und aus Willkommen und Abschied
bestanden haben, aus Tränen der Freude und des Leides.*

Auf zwei Fotorückseiten hast du „Unser Liebesnest" geschrieben.

*Ein Liebesnest? Das hätte ich dir eigentlich nicht zugetraut! Ich schaue
mir die Fotos genauer an. Auf beiden das gleiche Zimmer, ins Dunkle
getaucht. Einmal sitzt Bodo vor dem hellen Fenster im Sessel und du auf
der Lehne, den rechten Arm um seine Schulter gelegt. Eure Gesichter
sind ernst und doch ... Sie strahlen Zufriedenheit aus, Harmonie, intime
Zweisamkeit.*

*Auf dem zweiten Bild sitzt ihr beide einander zugewandt auf dem
Fensterbrett, habt wahrscheinlich mit Selbstauslöser fotografiert, ein ge-
lungener Scherenschnitt. Zwei dunkle Gestalten vor symbolhaft hellem
Hintergrund, vor einer hoffnungsvollen Zukunft, bis zum Rand gefüllt mit
Wünschen, Sehnsüchten, Zielen.*

Ihr wusstet es nicht besser. Damals.

Die Olympischen Spiele in Berlin und mehr noch Bodos Staatsexamen beherrschten die Tage des jungen Paares im Sommer und Herbst 1936. Bodo hatte nur wenig Zeit für gemeinsame Unternehmungen und Elfriede steckte verständnisvoll zurück. Erst als die Prüfungen erfolgreich bestanden und ausgiebig gefeiert worden waren, konnten sie die Gedanken auf Weihnachten, Silvester und das kommende Jahr richten. Was würde es bringen?

Eines war schon gewiss: Bodo hatte von der Theorie, vom Lernen genug.

Er wollte praktisch als Arzt arbeiten, und zwar bei der Wehrmacht, der er noch 1936 beitrat und wo er im Laufe des kommenden Jahres eine Offiziers- und Stabsarztausbildung absolvierte.

„Soldaten, die ihr Leben für uns alle einsetzen, brauchen unsere Unterstützung und die beste gesundheitliche Fürsorge", erklärte er Elfriede, die ihn lieber in einer privaten Praxis und sich selbst in der damit verbundenen gesellschaftlichen Stellung gesehen hätte. Er redete sich wieder einmal in Begeisterung über Volksgesundheit, die Reinheit des deutschen Blutes und die Verantwortung eines jeden und besonders der Ärzte.

Sie schwieg – wieder einmal.

Gedankenverloren betrachtete Elfriede den goldenen Ring an ihrem Finger. Verlobt! Wie sich das anfühlte! Sehr neu, erst drei Tage alt, aufregend, verheißungsvoll. Ich bin eine Verlobte, dachte sie, ich habe einen Mann, eine Zukunft, werde Frau eines Arztes sein und irgendwann Kinder haben.

Elfriedes Eltern hatten im Frühjahr 1937 auf der Verlobung bestanden, als sie hörten, dass Bodo noch vor dem Staatsexamen eine eigene Wohnung in Königsberg bezogen hatte.

„Die Leute reden, und ganz besonders hier auf dem Dorf", hatte Luise Stein gesagt. „Du musst auf deinen und unseren Ruf achten."

Bodos Eltern waren beide nach Weinoten gekommen, man hatte auf das Glück des jungen Paares angestoßen. Dass Bodos Vater nicht zu Hause wohnte, blieb unerwähnt, man redete über Tagesereignisse und Zukunftserwartungen.

Die Freunde waren am Abend zuvor eingeladen und die Tatsache, dass Bodo seine neuen Wehrmachtskollegen ins Haus brachte, ließ vorübergehend vergessen, dass andere Kameraden fehlten: Ruth und Heinz, die jüdischen Freunde aus vergangenen Zeiten. Viele Jahre hatten sie gemeinsam die Schulbank gedrückt, sich über dieselben Lehrer geärgert und über gute Zeugnisse gefreut. Doch das war endgültig vorbei. Immer wieder blitzte der Gedanke an sie bei Elfriede auf, und an den blauen Engel, der wohlverwahrt in ihrer Schmuckschatulle lag und den sie oft in die Hand nahm; doch an diesem Abend waren Bodo und sie der Mittelpunkt der Gesellschaft, Politik und Probleme blieben ausgesperrt. Auch die ihrer besten Freundin Luise berührten sie an diesem Abend nur kurzzeitig.

Luise hatte sie beiseite genommen und war mit ihr in den Garten gegangen, um die brennende Neuigkeit loszuwerden: Sie hatte sich in einen Arzt des Tilsiter Krankenhauses verliebt. Er hieß Heinrich Bauschkat und war dort Assistenzarzt. Luise arbeitete als Krankenschwester auf derselben Station und so waren sie sich nähergekommen. Doch ausgerechnet Luises Vater gefährdete ihr Glück mit seiner politischen Einstellung, so sah es Luise mit deutlich spürbarem Zorn. Natürlich war Doktor Bauschkat Nationalsozialist. Eine Frau aus einem sozialdemokratisch eingestellten Elternhaus zu heiraten, war unmöglich. Während Luise erzählte, sah sie Elfriede so flehentlich an, als erwarte sie von der Freundin Hilfe. Elfriede verstand sie nur zu gut, hatten doch die Rassengesetze sie selbst vor einiger Zeit in große Konflikte gestürzt. Doch Luises Schwierigkeiten konnte sie nicht lösen und, wenn sie ehrlich war, an diesem Abend wollte sie es auch nicht. Als Bodo in der Tür erschien und sie rief, war sie erleichtert und zog die widerstrebende Luise ins Haus zurück.

Elfriede lächelte und fuhr mit dem Zeigefinger behutsam über den Ring.

Tags zuvor hatte sie Bodo in seiner Königsberger Wohnung besucht, zum ersten Mal.

Bodo hatte Tee gekocht und den Tisch gedeckt, sie hatte Kuchen von zu Hause mitgebracht. Heute schüttelte sie den Kopf, wenn sie daran dachte, dass sie sich wie ein kleines Mädchen benommen hatte, das zum ersten Mal allein einen Verwandtenbesuch macht, dass sie schüchtern am Tisch saß, die Augen niederschlug und rot wurde, wenn sie sich erinnerte, wie Bodo eifrig von seinem Soldatenleben und seinen neuen Kameraden erzählte und sich die Situation allmählich entspannte; und sie hatte nicht vergessen, dass sie sich später auf das Sofa setzten, Bodo eine Flasche Wein öffnete und sie auf sein neues Zuhause anstießen. Und dann? Die Hitze stieg wieder in ihrem Körper empor bis unter die Haarwurzeln, sie fühlte seine Arme um ihre Schultern und seine Stimme an ihrem Ohr:

„Meine kleine Friedel, wenn wir nur erst verheiratet wären!"

Wie oft schon hatte sie die folgende Stunde wieder durchlebt, seine leidenschaftlichen Küsse geschmeckt, den drängenden männlichen Körper gefühlt und über die Reaktion ihres eigenen gestaunt; wie oft hatte sie sich in den Wochen zuvor die Frage gestellt, wie sie auf seine Leidenschaft reagieren würde, ja müsste; und wie so manches Mal schon machte Bodo ihr die Entscheidung leicht.

„Wir warten bis zur Hochzeit, ein deutscher Offizier bringt keine deutsche Frau in Schwierigkeiten", tönten seine Worte im Brustton der Überzeugung. Und wie schon mehrere Male am Tag wurde sie rot, wenn sie an die folgenden zwei Worte dachte, die er ihr ins Ohr raunte:

„Aber dann ..."

Ihr Liebesnest. Sie nannten es so, auch wenn sie sich die letzte Erfüllung ihres Zusammenseins vorerst versagten. Ihre Zeit würde kommen. Bis dahin war die Königsberger Wohnung ihre Zuflucht, in der sie ungestört Zärtlichkeiten austauschen, von der Zukunft träumen und Pläne schmieden konnten. Und damit hatten sie es besser als viele andere.

Nur kurz blieb Elfriede auf dem Bürgersteig vor der „Bauerschen Buchhandlung" in Königsberg stehen, zögerte einen Moment und ging dann weiter auf die „Albertina" zu. Im Vorbeieilen warf sie einen schnellen Blick durch die Eingangstür, hinter der alles dunkel und unbelebt wirkte. Das Schaufenster war mit Brettern verrammelt, an denen Zettel klebten. Elfriede musste sie nicht lesen, sie wusste auch so, was darauf stand.

Wie es Heinz wohl ging?

Auch das konnte sie sich vorstellen. Arzt hatte Heinz werden wollen, wie Bodo, mit dem er zur Schule gegangen war. Gemeinsam hatten sie vom Arztberuf geschwärmt, von ärztlicher Kunst und medizinischem Fortschritt, in dessen Dienst sie sich stellen wollten.

Irgendwann erschien Heinz nicht mehr zu den Vorlesungen und wurde auch in der Buchhandlung seines Vaters nie mehr gesehen. Am Anfang fragten Elfriede und Bodo noch nach ihm und ließen ihm Grüße ausrichten. Später, als die Verlegenheit und Unsicherheit von Herrn und Frau Bauer nicht mehr zu übersehen war, als die Nürnberger Gesetze mit ihren Auswirkungen wie eine gläserne Wand zwischen den Buchhändlern und ihren Kunden standen, als die Traurigkeit und Hoffnungslosigkeit in den Blicken von Frau Bauer Elfriede nachts verfolgten und Tage später die Nachricht sie erreichte, dass der Buchladen überfallen und verwüstet und Herr Bauer schwer verletzt worden war, wählte Bodo mit Bedacht einen anderen Weg zu ihren Lieblingscafés und Geschäften und schärfte Elfriede ein, auch allein nicht mehr an der Buchhandlung vorbeizugehen und keinen Kontakt zu Heinz zu suchen. Sie versprach es und konnte doch nicht vermeiden, dass ihre Gedanken zu ihm und seinem ungewissen Schicksal wanderten.

Ruth und Heinz, was sollte nur aus ihnen werden?

Das Herz blieb ihr fast stehen, als sie eines Tages auf dem Weg zu Bodos Wohnung auf der gegenüberliegenden Straßenseite Heinz entdeckte, der mit gesenktem Kopf und schnellem Schritt in die entgegengesetzte Richtung eilte.

„Heinz!"

Sie blieb stehen, winkte, rief und wusste im selben Moment, dass er nicht stehen bleiben und nicht zu ihr herüberschauen würde, dass sie nicht nur gegen Bodos Wunsch verstieß, sondern gegen das politisch korrekte Verhalten. Heinz wusste das auch und wollte sie nicht in Schwierigkeiten bringen. Wie Ruth.

Ihr Herz hämmerte laut, als sie mit hängenden Schultern weiterging. Ungerecht, ungerecht, klopften ihre Schuhe auf den Asphalt. Du musst etwas dagegen unternehmen, mahnte eine innere Stimme. Nimm' dich zusammen, denk an deine Zukunft, glättete die Vernunft den inneren Aufruhr.

Als sie vor Bodos Tür stand, hatte sie sich beruhigt und betrat das Haus, als sei nichts gewesen.

„Ruth ist am Telefon, komm schnell!"

Luise Stein stand in der Tür, ihrer Stimme merkte man die Erregung an.

„Es hört sich so an, als hätte sie es furchtbar eilig."

Elfriede warf ihre Handarbeit auf den Tisch und riss den Telefonhörer ans Ohr.

„Ruth, wo bist du?"

Später würde sie ihren Eltern berichten, noch immer mit der rot gefleckten Erregung über das Gehörte auf den Wangen und den Tränen des Abschiedsschmerzes in den Augen, dass Ruth aus Zürich angerufen hätte, um sich endgültig zu verabschieden, dass sie mit ihrer Familie auf dem Weg nach London wäre, um von dort nach Israel auszuwandern, dass mit ihnen mehrere jüdische Familien, die Elfriede auch kenne, den Weg in die Freiheit angetreten hätten und dass Elfriede ihre Eltern, die es immer gut mit ihr gemeint hätten, ganz herzlich grüßen solle.

Luise und Ludwig Stein warfen sich einen bedeutungsvollen Blick zu, an den sich Elfriede später wieder erinnern sollte, nach einem Spaziergang, den sie, wie das Telefonat mit Ruth, nie vergessen würde.

„Ich muss unbedingt noch ein bisschen laufen und mich beruhigen, ich brauche frische Luft! In einer Stunde bin ich wieder da."

„Sei pünktlich, wir wollen zusammen essen!"

Am Sonntagabend hatte Ludwig Stein gerne seine Familie beim Essen vollzählig um sich.

Elfriede hatte schon nach ihrer Jacke gegriffen, die Tür fiel mit einem trockenen Klacken ins Schloss.

Sie bog in den schmalen Weg am Gartenzaun ein, der hinaus auf die Felder führte.

Dass ihre Freundin aus Kindertagen jetzt für immer fort war, schmerzte sie sehr, trotz des blauen Engels in ihrer Faust.

„Ruth, denk an den Engel", hatte sie in das Telefon gerufen, „wir werden uns wiedersehen!"

Glaubte sie wirklich daran oder würde sie nie wieder etwas von Ruth hören? Würde die Familie Bauer den gleichen Weg gehen und Heinz auch für immer aus ihrem Leben verschwinden? Und wie viele Menschen aus ihrem Lebenskreis noch? Es schien, als sei das Älterwerden mit dem Verlust geliebter Menschen verbunden. Dass neue Freunde die entstandenen Lücken besetzten, konnte sie nicht erkennen.

Der leichte Wind, der im Freien über die Felder und über ihr Gesicht strich, beruhigte allmählich den Aufruhr in ihrem Inneren. Ihre Augen blieben am Horizont der weiten ostpreußischen Landschaft hängen, als stünden dort die Antworten auf ihre Fragen geschrieben.

Was war das für eine Politik, die Menschen in wertvolle und unwerte einteilte und Letztere zur Flucht zwang? Warum hatte Bodo keine Probleme damit, sollte sie ihm von dem Telefonat überhaupt erzählen, wie würde er reagieren? Fragen über Fragen.

Gerade als sie bei der alten Scheune am See angekommen war und sich überlegte, ob sie umkehren und wieder nach Hause gehen sollte, hörte sie das leise Lachen eines Kindes und tuschelnde Stimmen. Elfriede stutzte und sah sich um. Nein, sie konnte niemanden entdecken. Die hohen Büsche am Ufer tänzelten und raschelten im Wind, zitternde Wellen huschten über das Wasser. Am Ufer war das Boot des Nachbarn vertäut und schaukelte hin und her. Auch darin war niemand. Und doch, sie hatte Stimmen gehört.

Schnell entschlossen drückte sie den Griff der schweren Scheunentür nieder und schob sie mühsam auf. Ein Schrei entfuhr ihr, sie presste die Hand auf den Mund.

Drei Augenpaare waren auf sie gerichtet. Todesangst flackerte.

Der Winter 1937/38 kam früh und mit scharfer Kälte. Man konnte sich draußen nur kurz aufhalten und suchte drinnen Wärme und Geborgenheit. Bodo und Elfriede sahen die Freunde kaum und igelten sich in ihrem Liebesnest ein.

So war es eines Abends geschehen, ohne dass sie darüber geredet oder es beabsichtigt hätten. Und Elfriede dachte, trotz aller Angst vor einer Schwangerschaft, dass es gut und richtig war. Bodo war liebevoll und zärtlich, hielt sie hinterher in seinen Armen und streichelte sie. Alles um sie herum fühlte sich entspannt, weich und warm an, Elfriede empfand nichts als Liebe und Geborgenheit. Bodo würde sie nicht im Stich lassen, niemals.

Doch die dunklen Wolken der Zukunft wuchsen hinter einem Horizont, den sie in ihrer Verliebtheit nicht sahen, unaufhaltsam.

Bodo hatte seine militärische Grundausbildung abgeschlossen, die zum Sanitätsoffizier würde demnächst folgen. Er fieberte seiner ersten Stelle als Stabsarzt entgegen. Noch wusste er nicht, wo das sein würde, ob überhaupt und wie oft sie sich weiterhin in ihrem Liebesnest würden treffen können. Bodo wollte nichts anderes, als endlich Arzt sein und seine chirurgischen Fähigkeiten unter Beweis stellen.

Elfriede spürte, dass neben seiner Liebe zu ihr und seinem Wunsch, Arzt zu sein, nichts anderes in seinem Kopf Platz hatte. So behielt sie wie immer die Gedanken, die um die Probleme von Freunden und Bekannten kreisten, für sich. Manchmal kam es vor, dass sie neben Bodo im Bett lag und zwischendurch an Ruth und Heinz dachte, während er Erlebnisse aus dem Kasernenalltag erzählte oder vom Lazarett und der Behandlung verschiedener Krankheiten berichtete. Sie hatte sich daran gewöhnt, dass es Bereiche ihres Lebens gab, über die man nicht redete, dass man so tat, als existierten sie nicht, so wie man auch bestimmte Ereignisse auf der Straße besser nicht zur Kenntnis nahm. Alle verhielten sich so. Elfriede auch.

So hatte sie Bodo auch nichts von dem blauen Engel erzählt und von ihrem Scheunenerlebnis auch nicht.

Nichts von Frau Bronnstein und ihren Kindern, die schon lange im Dorf lebten und die Elfriede kannte, solange sie in Weinoten wohnte, nichts von der panischen Todesangst in den Augen der jüdischen Mutter und ihrer Kinder. Sie hatte ihm auch nicht davon berichtet, wie sie die Familie nur mit Mühe hatte beruhigen und davon überzeugen können, dass sie

sie nicht verraten würde, und wie sie dabei erfahren hatte, dass ihre Eltern nicht nur von den Scheunenbewohnern wussten, sondern ihnen das Versteck sogar ermöglicht hatten.

Aufgewühlt war sie an dem Sonntag nach Hause gestürmt und hatte sogleich ihre Eltern zur Rede gestellt. Sie sah ihren Vater wieder vor sich, wie er die Zeitung langsam sinken ließ, sie umständlich faltete und auf den Tisch legte. Jedes Wort des Gesprächs war in ihrem Gedächtnis für immer verankert.

Ludwig Stein räusperte sich.

„Vielleicht ist es wirklich das Beste, dir die Wahrheit zu sagen, obwohl deine Mutter und ich dich und Editha eigentlich aus allem heraushalten wollten, auch um deiner Beziehung zu Bodo willen. Aber du bist ein erwachsener Mensch und musst dich mit den Gegebenheiten und Gefahren unseres Lebens auseinandersetzen. Gleichwohl erwarten wir von dir Verschwiegenheit. Editha sollte besser nichts wissen, sie ist einfach noch zu jung.“

„Was um Himmels willen ist denn passiert?“

Ludwig legte Elfriede eine Hand beruhigend auf den Arm.

„Bitte, hör' mir in aller Ruhe zu. Es geht um die jüdische Familie Bronnstein.“

Elfriede nickte.

„Ich habe sie in der Scheune gesehen.“

„Vor zwei Tagen, als du sehr spät noch in Tilsit warst, klingelte es an der Tür. Wir haben einen großen Schrecken bekommen, wie alle Menschen heutzutage, denn man weiß ja nie, wer vor der Tür steht. Schließlich versuche ich seit Langem, die jüdischen Kinder gegen Übergriffe ihrer Klassenkameraden zu schützen, was bei den Braunen nicht gerne gesehen ist. Es war Frau Bronnstein mit den Kindern. Schreckensstarr standen sie da. Frau Bronnstein berichtete, dass man ihren Mann zum Verhör abgeholt habe und sie mit den Kindern kurz vorher durch den Hinterausgang des Hauses geflüchtet sei. Nun traue sie sich nicht zurück, wisse aber auch nicht wohin. Den Rest kennst du ja.“

Ihre Eltern hatten sie fragend und beschwörend zugleich angesehen, als wollten sie das Einverständnis und die Verschwiegenheit ihrer Ältesten einfordern. Du sagst doch Bodo nichts davon?, stand in ihren Augen geschrieben. Elfriede blieb stumm und weder Vater noch Mutter drangen in sie.

Ein paar Tage später war Frau Bronnstein mit ihren Kindern fort. Man munkelte, Herr Bronnstein, der nach einigen Tagen aus dem Gefängnis entlassen worden war, sei noch in derselben Nacht mit seiner Familie geflüchtet. Wohin, wusste niemand. In die Freiheit, hoffte Elfriede.

Sie würde es niemals erfahren.

Die Tür nach draußen stand offen, sodass duftende Frühlingsluft bis in die Wohnräume drang, wo Elfriede sich in dem neuen beigen Kleid mit der feinen Spitze am Hals- und Armabschluss vor dem Spiegel drehte. Sie war mit ihrem Äußeren sehr zufrieden, mit Bodo in Ausgehuniform würden sie ein ansehnliches Paar abgeben auf Hilde Neumanns Hochzeit, dem großen gesellschaftlichen Ereignis in diesem Frühjahr 1938. Nach dem langen, harten Winter sehnte man sich nach Sonne, Wärme und Fröhlichkeit, nach Sommerkleidern, Musik und Tanz. Da kam die feine Einladungskarte gerade recht. Sie lag auf Elfriedes Schreibtisch, und jedes Mal, wenn ihr Blick darauf fiel, wanderten ihre Gedanken zu der glücklichen Braut.

„Stell' dir ein weißes langes Seidenkleid vor, Elfchen", sprudelte Hilde am Telefon hervor, und dann beschrieb sie ihr das Brautkleid in allen Einzelheiten, die zarten Spitzen am Ausschnitt und an den Ärmeln, das feine Jäckchen darüber. Würde ihres auch einmal so elegant aussehen?

„Rosa Blumen mit weißer Tüllschleife und natürlich ein weißer Hut, so groß wie ein Wagenrad."

Hildes Stimme überschlug sich vor Begeisterung.

„Und mein Konrad in seiner tollen Uniform ..."

Unwillkürlich dachte Elfriede an Bodo und ihre eigenen Hochzeitspläne. Ihre Zeit würde kommen. Bald.

So strahlend und glücklich Hilde ihr Dasein als Braut im Mittelpunkt der Gesellschaft genoss, so heiter und fröhlich Verwandte und Freunde einen festlichen Rahmen um das frisch getraute Paar bildeten, so blass und unglücklich wirkte Luise Eder, auch wenn sie sich alle Mühe gab, ihren wahren Seelenzustand zu verbergen. Elfriede war erschrocken.

„Es ist aus mit Heinrich", flüsterte Luise ihr zu und ihre Augen füllten sich sogleich mit Tränen. „Er hat unsere Beziehung aufgekündigt, wegen meines Vaters. Mit so einem Schwiegervater könne er unmöglich Karriere machen, hat er mir am Telefon gesagt. Kannst du das verstehen?"

Oh ja, Elfriede konnte. Sie wollte sich Bodos Reaktion wirklich nicht vorstellen, wenn ihr Vater ein bekannter Sozialdemokrat oder gar Kommunist wäre.

„Und das sage ich dir: Mir reicht es jetzt! Ich habe mich von meinem Vater losgesagt, bin ins Schwesternheim gezogen und trage das Parteiabzeichen sichtbar an jeder Bluse. Mutter ist natürlich todunglücklich, aber meine Familie kann mir doch nicht mein Leben verderben, nicht wahr? Fritz denkt übrigens genauso, frag' ihn mal!"

Luise hatte sich wieder gefangen, ihre Augen blitzten kampflustig. Bodo trat auf die Freundinnen zu, ergriff Elfriedes Hand und gemeinsam wandten sie sich Henriette von Kampenberg zu, die mit Wilhelm von Berghoff erschienen war. Die beiden traten als Paar auf, ihre Beziehung galt als offenes Geheimnis.

„Was macht das Medizinstudium, Henriette? Steht bald das Staatsexamen an?"

Elfriede beugte sich interessiert zu ihrer ehemaligen Schulfreundin hinüber. Wilhelm sah amüsiert auf seine Begleiterin und wollte etwas sagen, als Henriette ihm energisch die Hand auf den Mund legte.

„Aber ja doch, ich stecke in den letzten Prüfungen und dann steuere ich direkt das Staatsexamen an, und die Promotion natürlich. Unsere Herren Professoren tun sich mit Frauen in Seminaren und Vorlesungen noch immer recht schwer, man muss sich ganz schön durchkämpfen. Aber du kennst mich ja."

Ihr Lachen schien Elfriede gekünstelt, doch ihre Entschlossenheit wirkte echt.

„Und nachher ist alles umsonst, denn wenn Henriette und ich erst einmal verheiratet sind, wird sie sich im Haus um eine eigene Familie kümmern. Bis dahin kann es nicht schaden, wenn sie alles über Krankheit und Gesundheit lernt."

Das war Wilhelm von Berghoff. Wieder lag dieses amüsierte Lächeln auf seinen Zügen, gönnerhaft tätschelte er Henriettes Schulter, während ihre Stirn sich runzelte und die Lippen zu einem Strich wurden. Doch sie sagte nichts.

Bei den beiden gibt es noch einigen Gesprächsbedarf, dachte Elfriede, sie scheinen sich nicht ganz einig zu sein. Ob aus ihnen wirklich mal ein Paar wird? Jemand legte von hinten eine Hand auf ihre Schulter. Überrascht drehte sie sich um.

„Ach Fritz, wie schön, dich zu sehen! Wie geht es dir?"

Bodo ließ Elfriedes Hand los.

„Ich überlasse dich deinem Verehrer, Friedel, und kümmere mich mal um den Bräutigam."

Fritz zog Elfriede zu einem kleinen Tisch und holte zwei Gläser Sekt, nachdem er seine Schwester mit einem unmissverständlichen Blick fortgeschickt hatte.

„Schön, mit dir mal wieder allein zu sein, Elfchen. Oft wird das ja nicht mehr vorkommen, denn sicher werden Bodo und du diesem glücklichen Paar bald nachfolgen."

Fragend sah er Elfriede an.

„Kann sein, Fritz, wir werden sehen. Termine gibt es noch keine. Was machst du so? Mit dem Studium bist du doch fertig, sehe ich das richtig?"

„Ja, das Examen habe ich, ich bin Rechtsanwalt."

„Meinen allerherzlichsten Glückwunsch, Fritz. Und wie geht es jetzt weiter?"

„Ich bin auf der Suche nach einer Kanzlei, die mich als Juniorpartner aufnimmt. Trotz bester Noten ist das ziemlich schwer, du weißt ja, mein Vater. Luise hat dir bestimmt schon einiges vorgejammert, das will ich dir und mir ersparen, aber das Problem ist das gleiche. Einerseits möchte ich meine Eltern nicht im Stich lassen, aber andererseits komme ich so nicht weiter. Ich bin vor einem Jahr in die NSDAP eingetreten, habe sozusagen die Fronten gewechselt. Was hätte ich sonst tun sollen? Ich teile mir in Königsberg eine Wohnung mit einem Freund, der wiederum einflussreiche Beziehungen hat. Ich hoffe, dass ich so zu einer Anstellung komme. Mutter sitzt zu Hause und heult, was ich ja verstehen kann. Vater im Gefängnis, beide Kinder aus dem Haus geflüchtet, das ist nicht einfach für sie."

Fritz starrte nachdenklich in sein Glas. Elfriede legte eine Hand auf seinen Arm.

„Ich glaube, dass du es richtig gemacht hast. Du musst für dich selbst sorgen und für deine Zukunft. Um deine Mutter kannst du dich trotzdem kümmern. Und ich werde meine bitten, sie mal nach Weinoten einzuladen."

Die ersten Walzerklänge schwebten aus der großen Halle in den Empfangsraum, wo Stehtische aufgebaut waren und viele Gäste mit ihren Sektgläsern standen. Elfriede hatte Bodo entdeckt, der schon nach ihr Ausschau hielt.

„Komm, gehen wir hinein. Sicher gibt es gleich den Brautwalzer."

Die Gäste bildeten auf der Tanzfläche einen großen Kreis, Konrad Stahl führte eine glückliche Hilde in die Mitte und eröffnete mit ihr den Tanz. Bodo und Elfriede sahen sich an und hatten den gleichen Gedanken: Der nächste Brautwalzer könnte der ihre sein.

Der Sommer brachte für Bodo den nächsten Schritt in die gewünschte berufliche Richtung: Er wurde als aktiver Sanitätsoffizier einberufen. Zunächst würde er an den Königsberger Lazaretten arbeiten, hoffte aber, nach Deutsch-Eylau versetzt zu werden mit Anspruch auf eine Offizierswohnung.

„Und dann wird geheiratet, liebste Friedel!"

Dieser Satz jagte Elfriede einen Schauer des Glücks über den Rücken. Mutter und Tochter stürzten sich in die Hochzeitsvorbereitungen und vergaßen zumindest hin und wieder die grausamen Wirklichkeiten des Herbstes 1938, die in die Reichskristallnacht vom 9. auf den 10. November mündeten. Seit Längerem hatte sie sich in zunehmendem Kesseltreiben gegen die Juden schon angekündigt. Als dann die Synagogen brannten, Wohnungen und Geschäfte jüdischer Bürger zerstört und jüdische Männer und halbwüchsige Jungen ins Gefängnis geworfen wurden, war Elfriede zutiefst entsetzt und doch auch erleichtert, dass ihre jüdischen Freunde Ruth und Heinz mit ihren Geschwistern und Eltern in Sicherheit waren. Tief im Herzen bewahrte sie die Hoffnung, dass diese Zeiten wie eine Krankheit vorbeigehen würden und sie beide irgendwann wiedersehen könnte. Die Behandlung ihrer jüdischen Freunde empfand sie als schweres Unrecht, das der Lauf der Geschichte wiedergutmachen würde. Es konnte nicht anders sein. Der Engel würde recht behalten.

Als Elfriede an einem dunklen, kalten Novemberabend nach Hause kam, lag ein Brief für sie auf dem Flurtisch. Kein Dienst im Krankenhaus konnte so anstrengend sein, dass Elfriede nicht sofort den Umschlag aufgerissen hätte, als sie den Absender, Henriette von Kampenberg, las. Was es wohl Neues gab?

„Liebes Elfchen,
sicher wunderst Du Dich, einen Brief von mir zu erhalten,
denn wir haben uns schon lange nicht mehr geschrieben.
Ich bin in Eile und werde es kurz machen.
Du kennst meine Tante Wilhelmine Bachmann, bei der ich
seit Jahren wohne und die ich wegen ihres scharfen
Verstandes, ihrer Bildung und Weitsicht schon immer
bewundert habe. Sie hat nach langem Zögern den
Entschluss gefasst, Deutschland zu verlassen, weil sie mit
den nationalsozialistischen Barbaren nichts zu tun haben
wolle und sich für deren Auftreten in Ostpreußen und dem
Rest der Welt schäme, wie sie mehrfach, auch in der
Öffentlichkeit, geäußert hat, was natürlich auch für Arier
nicht ganz ungefährlich ist. Ich habe mich meinerseits
dazu entschlossen, sie zu begleiten, nicht nur, um ihr eine
Stütze zu sein, sondern auch, weil ich glaube, dass mir die
Schweiz, im Gegensatz zu Deutschland, bessere

Möglichkeiten bieten wird, meinen Traumberuf als Ärztin auszuüben.

Bevor Du Dir Gedanken über Wilhelm machst. Ich lasse ihn leichten Herzens zurück. Sein Frauenbild stimmt mit meinem nicht einmal in Ansätzen überein, was Dir klugem Mädchen sicher nicht entgangen sein wird. Also mach' Dir keine Sorgen. Ich melde mich wieder, sobald ich kann.

In Liebe, Henriette

Also auch sie. Wer würde der oder die Nächste sein? Elfriede empfand schmerzhaft den Verlust der Freunde; er wischte Kindheit und Jugend und damit Unbekümmertheit und Sorglosigkeit aus ihrem Leben wie der Schwamm die Schrift an der Tafel. Sie fragte sich, was sie selbst in den kommenden Jahren erwarten durfte, und hoffte, dass glückliche Zeiten mit Bodo den unseligen politischen Alltag überlagern würden.

Wieder ziehe ich ein Foto zu mir her. So oft habe ich es schon betrachtet, dass ich es mit geschlossenen Augen beschreiben könnte.

In hellem Sonnenschein liegt eine geschwungene Freitreppe mit schmiedeeisernem Geländer. Bodos Vater steht mit dem Rücken an das Geländer gelehnt und sieht in die Kamera. Er verdeckt teilweise einen jungen Mann, der nach unten blickt. Auch das Brautpaar vor ihm schaut konzentriert auf die Stufen.

Unwillkürlich muss ich lächeln. Die neuen Schuhe, das weiße, wadenlange Kleid, du wolltest auf keinen Fall unsicher wirken oder gar stolpern, nicht wahr, Mutti? Schon gar nicht vor dem Fotografen! Doch Bodo hat dich sicher geführt, in seiner Offiziersuniform macht er eine gute Figur. Er hält sich sehr gerade und sieht aus, als wolle er sagen: Seht her, ich habe es geschafft! Du hast dich bei ihm, Halt suchend, eingehängt. Welch symbolträchtiges Bild! Bodo mit seiner kleinen Friedel. Der starke Mann und die hilfsbedürftige Frau. Die Rollen waren verteilt. Aus den Briefen der Kriegsjahre, als Soldatenfrauen ihren Mann stehen mussten wie du, habe ich diese Sehnsucht nach Schutz und Unterstützung immer wieder herausgelesen.

Im rechten Arm hältst du den Blumenstrauß. Als Krönung deines Auftritts trägst du einen breitkrempigen weißen Hut mit dunklem Band.

Ein schönes Paar, werden die Hochzeitsgäste gedacht haben, als ihr an jenem 13. Mai 1939 aus dem Standesamt kamt.

Das finde ich auch.

6

*D*eutsch-Eylau ist ein herrlich gelegenes Städtchen! So schwärmte Bodo in einem Brief an die Schwester von seinem neuen
Standort als Truppenarzt.

Ich habe mir die wenigen Fotos, die es von der Stadt aus Vorkriegszei-
ten gibt, im Internet angesehen. Deutsch-Eylau, südöstlich von Danzig
und südwestlich von Königsberg gelegen, nannte man auch die„Perle des
Oberlandes", was ich sehr gut verstehe. Die Stadt, eine Gründung des
Deutschen Ordens, schmiegt sich an den lang gestreckten, malerischen
Geserichsee, auf dessen Uferpromenaden du bestimmt auch mit deinem
Kinderwagen unterwegs warst. Hin und wieder wirst du sicher stehen
geblieben sein, um den Flößern zuzuschauen, die ihre Last gemächlich
über den See brachten, bevor sie hinter einer der vielen Inseln wieder
verschwanden.

Auch um die St.-Nikolaus-Kirche und das schöne Rathaus wirst du mit
uns Kindern spazieren gegangen sein.

Im Frühsommer 1939 wurde Bodo nach Deutsch-Eylau abkommandiert. Kasernen gab es schon lange in diesem Ort, wenn auch die Zahl
der Soldaten stetig abgenommen hatte. Aber gegen Ende der Dreißiger-
jahre wird es anders gewesen sein, denn der Krieg gegen Polen und damit der Beginn des Zweiten Weltkrieges stand unmittelbar bevor.

Außerdem war die Stadt ein wichtiger Eisenbahnknotenpunkt. Ob du
dir dessen je bewusst warst, so lange du in Deutsch-Eylau lebtest, dass
die Eisenbahn dir und deinen Kindern einmal in allerletzter Minute das
Leben retten würde?

Wahrscheinlich nicht. Du lebtest im Hier und Jetzt, in deiner jungen
Ehe.

Und jetzt erst die frisch renovierte Offizierswohnung! Sie war geräumig
und hell, Elfriede war voller Entzücken und hatte schnell die Zimmer verteilt und ihrer Bestimmung übergeben: hier das Wohnzimmer, da das

eheliche Schlafzimmer, natürlich ein Herren- und ein geräumiges Kinderzimmer.

Während sich Elfriede im Frühling und Sommer an die Einrichtung der Räume machte – Bodo ließ ihr da völlig freie Hand und freute sich an ihrer Begeisterung für Geschäfte, Möbel und Dekorationen –, kamen Luise und Editha Stein einige Male mit der Bahn aus Weinoten und begutachteten die Wohnung und den Fortschritt der Ausstattung. Ein paar Mal trafen sich die Frauen auch in Königsberg, wenn in Deutsch-Eylau nicht das Passende zu finden war oder Elfriedes Geschmack nicht entsprach. Dann zogen sie durch die Geschäfte, prüften Tische, Stühle, Schränke und Kinderzimmereinrichtungen; irgendwann saßen sie dann in einem Café bei Kuchen und Kaffee, aufgeregt und begeistert vom Planen und Gestalten. Die kleine Schwester musste dann natürlich ihre anzüglichen Bemerkungen loswerden.

„Und? Brauchst du denn schon ein Kinderbett und eine Wickelkommode?"

Luise Stein stieß ihre jüngere Tochter in die Seite, Elfriede bekam einen roten Kopf und sah die Schwester tadelnd an.

„Also du erfährst es ganz bestimmt nicht als Erste."

Editha grinste. Sie kannte ihre empfindliche Schwester.

Bodo war dann nicht mit von der Partie.

„Weißt du, Friedel", sagte er zu ihr und zog sie in seine Arme, „das Bummeln durch Geschäfte und Einrichten von Wohnungen ist doch was für Frauen, es würde mich schrecklich langweilen. Außerdem muss ich, so oft es geht, in der Kaserne und im Lazarett sein, mich mit den sanitätsärztlichen Vorgängen vertraut machen, bei chirurgischen Operationen assistieren und meine Kenntnisse vervollkommnen. Ich stehe als Bataillonsarzt erst am Anfang meiner ärztlichen Karriere und muss noch viel lernen, sodass ich meine Fertigkeiten dann im Ernstfall anwenden kann. Wie die Gerüchte so sind, geht es wohl bald hinaus nach Polen."

„Jetzt sind wir erst so kurz verheiratet und müssen uns schon wieder trennen, und das für einen Krieg, wie furchtbar", murmelte Elfriede und strich Bodo über die schmalen Wangen, als sie an einem geplanten Königsberger Einkaufstag morgens beim gemeinsamen Frühstück saßen. Doch wenn sie die Zufriedenheit in seinen Augen sah und das Lächeln in den Mundwinkeln, sagte sie nichts mehr, sondern strahlte ihn nur an. Wenn es so weit war, mussten viele Frauen ihre Männer in den Krieg ziehen lassen, sie war da nichts Besonderes. Und hatte sie nicht von Anfang an genau gewusst, welches seine Lebensziele waren?

„Es könnte auch sein, dass das Offizierskorps heute oder morgen einen gemeinsamen Ausritt unternimmt, je nach Wetter und Einsatzplan, und da möchte ich mit von der Partie sein. Du weißt ja, wie gern ich reite und die Jagd durch die Natur genieße. Auch das macht mich glücklich."

Elfriede wusste auch das.

Bald war Bodo auf dem Weg in die Kaserne und sie in der Bahn nach Königsberg. Und je näher die geliebte und vertraute Stadt kam, desto mehr verblassten Sorgen und Ängste um die bevorstehenden Veränderungen. Sie freute sich auf Mutter und Schwester und ein paar vergnügliche Stunden.

„In vier Tagen brechen wir auf nach Polen!"

Schneller, als Elfriede es sich vorgestellt hatte, kam Bodo eines Abends im August 1939 mit dieser – streng vertraulichen – Botschaft heim. Nun war es also so weit. Bodo würde sie verlassen, in den Krieg ziehen, sich in Gefahr begeben. Wie lange die Trennung dauern würde, wusste niemand. Nur schlecht gelang es Elfriede, ihre Ängste und Sorgen vor dem geliebten Mann zu verbergen, wenn er abends aus der Kaserne kam und sie zusammensaßen.

„Wirst du ganz vorn bei den Kampfhandlungen dabei sein, Bodo? Das ist doch gefährlich!"

„Natürlich ist das gefährlich, Friedel! Aber es ist mein Beruf, verwundeten Soldaten möglichst schnell zu helfen und ihnen das Leben zu retten, wenn ich kann. Deshalb bin ich doch Arzt geworden und habe mich zum Feldheer gemeldet. Ich möchte meine chirurgischen Kenntnisse an vorderster Front einsetzen. Das weißt du."

„Ja, natürlich weiß ich das. Hast du denn gar keine Angst?"

Bodo nahm sie ganz fest in seine Arme und küsste sie.

„Angst? Nein, ganz bestimmt nicht. Schließlich ist es das, was ich gewollt habe, ganz vorn dabei sein und unseren tapferen Soldaten beistehen. Außerdem verlasse ich mich auf die Schlagkraft des Heeres und auf die Kriegskunst und Kampftechnik der Generäle und Offiziere. Dem haben unsere Feinde nichts entgegenzusetzen, davon bin ich überzeugt."

Elfriede schwieg. Bodo wollte sie beruhigen und die letzten Abende und Nächte in ihrem Heim genießen, das spürte Elfriede ganz deutlich. Wem würde auch ihr Jammern und Klagen nützen? Niemandem. Sie legte ihre Arme um seinen Hals und zog ihn auf das Bett hinunter.

Und dann war er fort.

Sie hatte zwar eine Adresse, an die sie schreiben konnte, aber wusste doch nicht, wo ihr Mann sich aufhielt.

Am 1. September 1939 begann der Polenfeldzug, am 3. September erklärten Frankreich und Großbritannien Deutschland den Krieg. Deutschland hatte erklärte Feinde? Elfriede war zu Tode erschrocken. In ihrem Herzen breitete sich von Tag zu Tag mehr die Ahnung aus, dass die Kampfhandlungen in Polen nur der Anfang sein würden von Kämpfen in vielen Gegenden Europas. Dann könnte es sein, dass Bodo mit dem Heer tage- und wochenlang von einem Kriegsschauplatz zum nächsten ziehen würde. Wann käme er dann überhaupt noch nach Hause? Nein, so hatte sie sich ihre Ehe nicht vorgestellt! Aber Millionen anderer Frauen sicher auch nicht. Elfriede reihte sich gezwungenermaßen ein in das riesige Heer wartender Kriegsfrauen.

Dann kam die nächste schockierende Nachricht: Die Freie Stadt Danzig wurde in das Deutsche Reich eingegliedert.

Warum hieß sie „Freie Stadt", wenn man ihr die Freiheit so schnell nehmen konnte? Das war doch sicher nicht rechtens. Elfriede grübelte darüber nach und ihr Glaube an die deutsche Reichsführung erhielt einen weiteren Dämpfer. Sie würde mit ihrem Vater in Weinoten darüber reden, wenn sie ihre Eltern das nächste Mal besuchte. Und natürlich mit Bodo, wenn er wieder nach Hause kam. Wenn.

Am sechsten Oktober kapitulierten die letzten polnischen Feldtruppen, der Krieg in Polen war damit zu Ende.

Elfriede war ganz aufgeregt, als sie diese Nachricht im Radio hörte. Würde Bodo bald zurückkehren?

Und dann waren alle trüben und sorgenvollen Gedanken fortgefegt, als Bodo plötzlich vor der Tür stand. Der Krieg zu Ende und der Mann gesund daheim – Elfriede war glücklich. Sie saßen beim Kaffee zusammen im Herrenzimmer und Bodo erzählte von seinen Erlebnissen, von den Verwundeten und seiner Arbeit. So manches Mal schauderte es Elfriede, wenn sie an Wunden, Blut und Schmerzen der Soldaten im Feld dachte. Aber Bodo sah hauptsächlich seine Aufgabe und Pflicht und Elfriede war stolz auf ihn.

Der Alltag kehrte wieder ein. Bodo ging in die Kaserne, arbeitete in der Sanitätsausbildung und freute sich, wenn sich ihm Gelegenheiten zum Ausreiten und Jagen boten. Am Wochenende machten sie Ausflüge in die Umgebung, besuchten Elfriedes Eltern in Weinoten und Bodos Mutter in Königsberg, trafen sich mit alten und neuen Freunden.

So auch mit Luise und Fritz Eder in Königsberg zum Abendessen. Luise hatte an dem Tag dienstfrei, Fritz würde später dazukommen. Die Geschwister trafen sich häufig, um sich über ihre Eltern auszutauschen. Der Vater war krank und hinfällig aus dem Gefängnis entlassen worden, hatte sämtlichen politischen Aktivitäten abgeschworen und versuchte, für seine Frau und sich das Überleben zu sichern, indem er Büroarbeiten übernahm, wo immer er welche bekommen konnte.

Die Veränderungen an Luise waren unübersehbar. Schlank war sie geworden, was ihr ungemein gut stand, in ihrem schmalen Gesicht leuchteten ihre hübschen Augen umso mehr. Inzwischen war sie Stationsleiterin im Tilsiter Krankenhaus geworden, genoss Anerkennung bei Schwestern und Ärzten und wirkte sehr zufrieden.

„Luise, wenn ich nicht meine Friedel hätte, würde ich glatt dich nehmen, so hübsch, wie du geworden bist", neckte Bodo sie.

Luise wurde rot.

„Ja wirklich, Luise, du hast dich sehr verändert, und zwar zu deinem Vorteil", stimmte Elfriede Bodo zu. „Und wie schlank du geworden bist! Da steckt doch ganz bestimmt ein Mann dahinter. Du bist verliebt, hab' ich recht?"

Luise strahlte und genoss die Aufmerksamkeit ihrer Freunde. Nach einer Weile rückte sie mit der Neuigkeit heraus: Nachdem Doktor Bauschkat das Tilsiter Krankenhaus verlassen hätte, sei ein neuer Oberarzt, Doktor Thomas Brückner, auf die Station gekommen, auf der Luise arbeitete. Es sei auf beiden Seiten Liebe auf den ersten Blick gewesen und eine baldige Verlobung ausgemacht, zu der Elfriede und Bodo natürlich eingeladen seien.

„Wer ist wozu eingeladen?"

Fritz Eder stand wie aus dem Boden gewachsen plötzlich neben ihrem Tisch. Die Begrüßung zwischen Elfriede und ihm fiel herzlich aus, Bodo blieb zurückhaltend.

„Luise hat uns gerade von ihrer bevorstehenden Verlobung berichtet", verkündete Elfriede begeistert, „das ist so wunderbar."

„Doktor Brückner ist ein feiner Mann, ich mag ihn sehr", meinte Fritz. „Er ist in der NSDAP, soviel ich weiß, und wird sicher Karriere machen."

„Weil er ein besonders geschickter Arzt ist", ergänzte Luise und ein Rotschimmer legte sich auf ihre Wangen.

„Und du, Fritz?", mischte Bodo sich ein und lenkte das Gespräch in eine andere Richtung, „wohin marschierst du?"

„Im Gegensatz zu dir marschiere ich überhaupt nicht", gab Fritz zurück und fuchtelte wie früher mit beiden Armen in der Luft herum, „ich lebe völlig zivil. Hat Luise erzählt, dass ich Parteimitglied geworden bin? Nein? Dann wisst ihr es jetzt. Wegen meines Vaters tut es mir wirklich leid, er kann das überhaupt nicht verstehen. Aber ich habe keinen anderen Weg gesehen, meinen Beruf ausüben zu können. Nun habe ich eine Anstellung in einer Kanzlei und fühle mich dort richtig wohl. Und Aufträge kommen auch genügend rein. Zur Abrundung meines Glückes fehlt mir nur noch die richtige Frau."

„Die werden wir dir schon noch besorgen."

Luise und Elfriede kicherten und tuschelten. Bodo sah Fritz nachdenklich an.

„Sicher ist deine Motivation für einen Parteieintritt verständlich, Fritz. Aber die Partei hat es natürlich viel lieber, wenn dahinter auch die richtige Gesinnung steht."

„Ich gebe mir alle Mühe, aber mit so manchen Maßnahmen und Vorschriften der NSDAP habe ich so meine Probleme", gab Fritz zu. „Das wird schon noch."

„Ich habe eine viel schönere Neuigkeit", verkündete Luise plötzlich und genoss es, dass die Blicke der anderen gespannt auf sie gerichtet waren. „Unsere liebe Hilde, verheiratete Stahl, wird Mutter."

„Wie wunderbar", sagte Elfriede leise und sah Bodo von der Seite an. „Dabei ist es in diesen unsicheren Zeiten nicht leicht, ein oder mehrere Kinder großzuziehen. Die Männer im Krieg, die Frauen zu Hause ohne Schutz und Unterstützung."

Bodo zuckte mit den Schultern und sah seine Tischgenossen der Reihe nach an.

„Es geht eben nicht anders, wir müssen Deutschland doch verteidigen, da sind auch die Frauen gefordert. Ist Konrad Stahl auch Offizier?"

Die Frage galt Fritz, der den Kopf schüttelte.

„Nein, er ist unabkömmlich wegen seiner Fabrik, die kriegswichtiges Material an das Heer liefert, ich weiß gar nicht, was."

„Und was ist mit dir, Fritz, mit deiner Einberufung?"

„Sie wird sicher nicht mehr lange auf sich warten lassen, einer aus unserem Team ist schon weg. Ich kann nicht gerade sagen, dass ich scharf auf den Militärdienst bin."

„Es ist auch, oder in erster Linie, Dienst am Volk, Fritz, vergiss das nicht. Deutschland muss verteidigt werden."

Bodo schaute Fritz ernst an, sodass es diesem unbehaglich wurde. Er schwieg.

Es war spät geworden, Elfriede schwirrte der Kopf. Gut, dass sie bei Bodos Mutter übernachten konnten und nicht den langen Heimweg nach Deutsch-Eylau antreten mussten. Man hatte über so vieles geredet, über die vergangenen Zeiten, über Elfriedes und Bodos Wohnung, über die Veränderungen in Königsberg. Bodo hatte vom Polenfeldzug erzählt und von seiner Arbeit. Aber niemand hatte ein Wort über Heinz Bauer und

Ruth Rosenberg verloren. Es war so, als ob die beiden niemals existiert hätten. Das Thema Juden fiel ganz unter den Tisch. Auch Elfriede hütete sich, in der Öffentlichkeit ein Wort dazu zu sagen; nur wenn sie mit Bodo allein war, wagte sie, das eine oder andere zu fragen.

Ruth war fort, das wusste sie und hoffte sehnlichst auf einen Brief aus einem fernen Land. Aber selbst das war gefährlich, wenn eine Offiziersfrau Post von Juden bekam. Ruth würde sicher nicht schreiben, solange die Verhältnisse so waren wie jetzt.

Und Heinz Bauer? Lebte er noch in Königsberg oder war er auch fort? Und seine Eltern? Die Buchhandlung war verwüstet, geplündert und vernagelt. Elfriede hoffte, dass ihre früheren Inhaber in Sicherheit, also im Ausland, waren.

Von all diesen Gedanken, die sie immer wieder umtrieben, sagte sie Bodo nichts. Er hatte seine eigenen Sorgen. Niemand konnte sagen, wann er wieder fort musste, wann der Krieg ihn wieder einsog wie ein gefährlicher Sumpf.

Eines Abends deckte Elfriede den Tisch besonders hübsch.

„Habe ich etwas übersehen?", scherzte Bodo, als er nach Hause kam. „Geburtstag? Namenstag? Tag der Butterblume?"

Elfriede lächelte nur. Sie schenkte den Wein ein und hob ihr Glas.

„Wir sollten anstoßen, Bodo, auf ein gesundes Kind. Ich bin schwanger."

Bodo war glücklich. Sein Sohn – natürlich ein Sohn! – würde in einem mächtigen, großen Deutschland aufwachsen, das von seinen Nachbarn anerkannt und bewundert wurde wegen seiner Stärke. Er, Bodo, würde seinen Teil dazu beitragen, dass die Verteidiger Deutschlands gesund und stark blieben. So redete er, nicht nur mit Elfriede, sondern auch mit seiner Mutter und den Schwiegereltern. Sie sagten nichts dazu und freuten sich auf das Kind.

Im Mai würde es so weit sein.

Die ruhigen Tage und Wochen dauerten nicht lange. Zu Beginn des Jahres 1940 warf der nächste Feldzug drohende Schatten voraus; Elfriede bangte, dass Bodo abwesend sein könnte, wenn das Kind zur Welt kommen würde. Bald wurde aus der Furcht Gewissheit: Bodo würde in ein paar Tagen Richtung Frankreich aufbrechen, seine Heimkehr war mehr als ungewiss. Er versuchte, Elfriede zu trösten.

„Vielleicht bin ich ja im Mai wieder zu Hause, oder vielleicht bekomme ich Sonderurlaub. Auf jeden Fall solltest du nicht hier allein bleiben. Ich schlage vor, dass du nach Weinoten zu den Eltern gehst, wenn es so weit ist. Deine Mutter wird bestens für dich und das Kleine sorgen."

Dann war er fort.

Für Elfriede fiel der Traum vom glücklichen Heim mit Vater, Mutter, Kind in sich zusammen wie stehen gelassener Eischnee. Nur mühsam tauchte sie aus dem Tal der Tränen und dem Sumpf trübseliger Gedanken wieder auf, indem sie sich vornahm, für das ungeborene Kind guten Mutes zu sein, für die Geburt vorzusorgen und das Kinderzimmer einzurichten. Und wieder dachte sie an alle Frauen, die wie sie ihren Alltag allein meistern mussten, weil ihre Männer ebenfalls im Feld waren und buchstäblich im Dreck lagen. Sie riss sich zusammen. Nur nicht in Selbstmitleid verfallen.

Luise Stein schien zu ahnen, wie es in ihrer Tochter aussah.

„Schön, dass du unser erstes Enkelkind in Weinoten zur Welt bringen willst", sagte sie am Telefon. „Ludwig und Dita freuen sich auch. Bodo braucht sich keine Sorgen zu machen, wir alle werden uns um dich und das Baby kümmern. Komm' nur her."

Elfriede verfolgte die Nachrichten aus den Kriegsgebieten mit Sorge. Inzwischen gab es viele Feinde um Deutschland herum, wie sie befürchtet hatte. Nicht nur Frankreich und Großbritannien hatten Deutschland schon vor Monaten den Krieg erklärt, seit dem 9. April 1940 waren auch Dänemark und Norwegen von den Deutschen besetzt. Am 10. Mai begann der Krieg im Westen gemäß dem im Februar festgelegten Manstein-Plan mit dem Durchmarsch des deutschen Heeres durch die Beneluxstaaten und den damit verbundenen kriegerischen Handlungen. Der Hauptfeind jedoch war Frankreich.

Elfriede hatte sich damit abgefunden, dass Bodo zur Geburt des Kindes Ende Mai nicht zu Hause sein würde, und richtete alles für ihre Abreise nach Weinoten. Allein in Deutsch-Eylau wollte sie auf keinen Fall bleiben.

Am 27. Mai reißt Bodo hastig den eben eingetroffenen Brief auf. Babyfotos purzeln ihm entgegen. Doch er stürzt sich auf Elfriedes vertraute Handschrift und liest von der problemlosen Geburt seines ersten Sohnes am 22. Mai. Erleichtert nimmt er zur Kenntnis, dass Mutter und Kind gesund sind. Auf die Fotos wirft er nur kurze Blicke, dann macht er sich daran, ein Schriftstück mit der Bitte um Sonderurlaub aufzusetzen. Doch in dieser Phase des Westfeldzuges ist das unmöglich. Erst nach dem Waffenstillstand mit Frankreich am 25. Juni 1940 kann er nach Ostpreußen aufbrechen, am 27. Juli seinen Sohn zum ersten Mal sehen und seine Frau in die Arme schließen. Doch die junge Familie bleibt nur kurz zusammen, nach drei Tagen muss Bodo schon wieder fort.

Als Elfriede im August die unerwartete Nachricht erreichte, dass Bodo im September drei Wochen Urlaub in Deutsch-Eylau verbringen und nicht mehr nach Frankreich zurückkehren würde, eilte sie nach Hause, um nach so langer Abwesenheit die Wohnung für die Familie herzurichten. Ihren kleinen Sohn ließ sie wohlbehütet bei der Oma. So konnte das junge Paar nach Bodos Heimkehr einige Tage ungestört verbringen und endlich seine junge Ehe genießen nach der langen Trennungszeit.

Anfang Oktober brachte Luise Stein ihren Enkel mit der Bahn von Weinoten nach Deutsch-Eylau, so konnte etwas wie Familiennormalität bei den Vollstedts einkehren. Bodo war nun in Ostpreußen stationiert und jeden Sonntag bei Frau und Kind zu Hause. Zu Weihnachten 1940 staunte Karlheinz über seinen ersten Weihnachtsbaum und Elfriede darüber, dass das Glück unerwartet zu ihr zurückgekehrt war.

Bodo breitete seine Arme aus:

„Karlheinz, komm' zu Vati!"

Karlheinz stürzte mit wackligen Schritten auf seinen Vater zu. Er lernte gerade laufen, und da Bodo im Januar 1941 drei Wochen Urlaub hatte, konnte er mit seinem Sohn fleißig üben. Elfriede genoss die glücklichen Familientage, zumal sie wieder schwanger war; die Familie würde sich im Juli noch einmal vergrößern.

Als Bodo eines Abends aus der Kaserne nach Hause kam, brachte er eine unerfreuliche Botschaft mit: seine Verlegung nach Prag, den Hauptsitz des Protektorates Böhmen und Mähren, noch im Februar. Doch diesmal reagierte Elfriede gefasst. Sie wusste: Auch dieser Abschied würde nicht der letzte sein, daran änderten Tränen und Verzweiflung überhaupt nichts. Und Bodo das Herz schwer machen? Nein, niemals!

„So wie es aussieht, wirst du mich in Prag problemlos besuchen können, auch für längere Zeit, denn ich werde eine Wohnung auf dem Kasernengelände haben. Es liegt nur an dir, und natürlich an deiner Mutter, denn sie müsste Karlheinz in der Zeit betreuen. Überlege es dir!"

Prag! Prager Burg, Karlsbrücke, Altstadt ... Natürlich wollte Elfriede. Sie würde mit ihrer Mutter reden.

Luise Stein fackelte nicht lange.

„Selbstverständlich werde ich mich um meinen Enkel kümmern. Fahre du nur nach Prag."

Mitte März brachte Elfriede Karlheinz nach Weinoten und machte sich auf die Reise nach Prag, wo Bodo sie in Empfang nahm. Fünf Wochen dauerte ihr Besuch.

Elfriede hatte sich bei Bodo eingehängt. Langsam überquerten sie die siebenhundert Jahre alte steinerne Brücke und bewunderten die Heiligenfiguren, die rechts und links aufgestellt waren. Elfriede staunte.

„So etwas habe ich noch nie gesehen."

Bodo freute sich, seiner Friedel, die noch nie aus Ostpreußen hinausgekommen war, solche Sehenswürdigkeiten zeigen zu können. An diesem freien Nachmittag hatten sie sich die Besichtigung der Prager Burg vorgenommen, deren gewaltige Anlage schon von Weitem zu sehen war. Der Aufstieg ging langsam voran. Bei solchen Anstrengungen empfand Elfriede die Schwangerschaft als Last. Bodo war besorgt und mahnte immer wieder zur Langsamkeit. Schließlich hatten sie es geschafft und Elfriede konnte sich auf einer Bank ausruhen.

„Ich möchte in den Veitsdom gehen, die Turmbesteigung allerdings wirst du allein machen müssen."

Doch Bodo schüttelte den Kopf.

„Ich lasse dich nicht allein. Der Turm kann warten. Wir machen einen kurzen Rundgang durch den Dom, vielleicht noch durch das Goldene

Gässchen, und fahren dann mit dem Taxi in die Altstadt."

Eine Stunde später saßen sie am Wenzelsplatz in einem Café bei Kaffee und Kuchen. Bodo schob eine kleine Schachtel über den Tisch.

„Das ist für dich, Friedel, damit du immer an deinen Besuch in Prag denkst."

Neugierig öffnete sie den Deckel. Auf weichem Watteuntergrund hockte eine goldene Spinne. Elfriede war gerührt.

„Die ist aber schön! Danke, Bodo, du bist so lieb zu mir."

„Und jetzt kaufen wir noch einen hübschen Pullover, auf dem die Spinne krabbeln kann."

Am nächsten Abend im Theater trug Elfriede den weißen Mohairpullover mit der Spinnenbrosche.

Jetzt liegt die vergoldete Spinne vor mir, vielleicht zwei Daumennägel groß; ich habe sie in deinem Nachlass gefunden. Die glänzenden Flügel öffnen sich schräg nach oben und geben eine orangerote Perle frei. Hinter dem Kopf, zwischen den langen dünnen Beinen befindet sich ein rundes Tellerchen. Es ist leer. Doch ich stelle mir vor, dass auch darin eine Perle lag, als Vati dir den Schmuck geschenkt hat, damals, in den glücklichen Tagen von Prag.

Und was ist aus dem weißen Mohairpullover geworden, den ihr gemeinsam in Prag gekauft habt?

Später, als das Unglück über Deutschland und die Familie hereingebrochen war, wirst du an deinen Mann schreiben: „Alles blieb da und ich habe immerzu geweint, denn alles war mir so lieb und wertvoll."

Die gepackten Taschen blieben auf der Straße in Deutsch-Eylau stehen, als die Sirenen in der bitterkalten Januarnacht 1945 heulten. Wer wird den weißen Mohairpullover an sich genommen haben? Die Spinne jedenfalls hat bei mir ein Zuhause gefunden.

Wenn Bodo Dienst hatte, machte Elfriede sich selbstständig. Sie blieb lange im Bett, frühstückte ausgiebig und spazierte dann durch die Straßen der Altstadt, betrachtete die Schaufenster am Wenzelsplatz und ließ sich mit den Menschen treiben. Wenn sie müde wurde, setzte sie sich für eine

Weile in ein Café. Ein kleiner Buchladen in einer Seitenstraße hatte es ihr besonders angetan. Oft stand sie dort und betrachtete die ausgestellten Bücher, überlegte sich, welches sie gerne haben würde oder Bodo schenken könnte. Auch am vorletzten Tag ihres Aufenthaltes stand sie sinnend vor den Auslagen und es dauerte eine Weile, bis sie bemerkte, dass ein Mann schon eine ganze Weile neben ihr stand. Den breitkrempigen Hut hatte er tief in die Stirn gezogen, sodass seine Augen im Schatten lagen. Sie schaute ihn in der spiegelnden Fensterscheibe an und erschrak. Dieser Mund über dem markanten Kinn, die ganze Körperhaltung ... Nein, es war unmöglich, er konnte es nicht sein, nicht hier in dieser Stadt, nach all den Jahren ... Und doch sah er Heinz Bauer zum Verwechseln ähnlich.

„Elfriede, bist du es wirklich? Bitte schau mich nicht an, sprich gegen die Scheibe; man könnte uns beobachten, das wäre nicht gut für dich!"

In der kleinen Nebenstraße waren meistens wenige Menschen unterwegs und gerade deshalb könnte ihre Unterhaltung auffallen, dachte Elfriede und überlegte fieberhaft, wie sie sich verhalten sollte, um Heinz nicht zu gefährden und Bodo nicht in Schwierigkeiten zu bringen.

„Mein Gott, Heinz, du hier? Bist du allein? Wie geht es deinen Eltern?"

„Wegen meiner Eltern bin ich überhaupt hier. Sie wollten unbedingt ihre Verwandten noch einmal sehen, bevor wir in die Schweiz gehen. Nun ist meine Mutter krank geworden und wir können nicht weiter. Dabei werden auch hier die Verhältnisse immer schlechter. Irgendwann, oder eher bald, werde ich aufbrechen müssen, allein, denn ohne Mutter wird Vater nicht mitgehen. Und was machst du hier, Elfriede? Wie geht es Bodo?"

Elfriede hatte ihre Fassung wiedergewonnen und betrachtete hingebungsvoll die Auslagen.

„Uns geht es gut, Heinz, wir sind verheiratet und haben einen Sohn, das Zweite ist unterwegs. Bodo ist zurzeit hier in Prag stationiert. Ich habe ihn besucht, übermorgen fahre ich wieder nach Hause."

„Ich muss weiter, Elfriede, wir erregen sonst Aufmerksamkeit." „Pass auf dich auf, Heinz, ich hoffe, wir sehen uns in besseren Zeiten wieder."

Elfriede ging in der entgegengesetzten Richtung davon. Nach ein paar Metern wagte sie, stehen zu bleiben und sich umzusehen. Auch Heinz hatte sich noch einmal umgedreht. Sekundenlang hing ihr Blick wie ein Spinnenfaden zwischen ihnen. Im nächsten Augenblick war Heinz unter den flanierenden Menschen verschwunden.

Nach fünf Wochen kehrte Elfriede zum ersten Geburtstag ihres Sohnes am 22. Mai nach Ostpreußen zurück, im Gepäck eine Anzahl wunderbarer Erlebnisse in einer bemerkenswerten Stadt, viele Stunden kostbarer und liebevoller Zweisamkeit, an die sie Pullover und Brosche für immer erinnern sollten, und eine schicksalhafte Begegnung, die sie als Geheimnis in ihrem Herzen hütete.

War die Heimreise in den Norden Ostpreußens, nach Weinoten, schon sehr beschwerlich gewesen, so war es die Bahnfahrt nach Deutsch-Eylau mit dem kleinen Sohn nicht minder. Endlich zu Hause!

Die Nachrichten im Radio und in den Zeitungen waren besorgniserregend. Sollte wirklich der Krieg gegen Russland, gegen dieses riesige Land beginnen? Elfriede konnte es kaum glauben. Sie konnte sich auch nicht vorstellen, dass Deutschland immer nur gewinnen würde, wie es bisher zu sein schien. Und wenn Bodo nach Russland müsste, würde sie dann überhaupt etwas von ihm hören? Russland war doch unendlich groß! Nachts, wenn sie allein im Bett lag, schlichen Ängste durchs Zimmer auf leisen Pfoten, wie Raubkatzen auf der Jagd. Dann stand sie auf und ging ins Kinderzimmer. Der Anblick des schlafenden Kindes verscheuchte die Raubkatzen.

Der Russlandfeldzug begann am 22. Juni 1941. Wenige Tage später heulten in Deutsch-Eylau zum ersten Mal die Sirenen. Der ungewohnte Lärm versetzte die Bevölkerung kurzzeitig in Panik. Auch Elfriede war erschrocken, hatte sie doch plötzlich das Gefühl, dass der Krieg, der immer so weit weg schien, auf einmal ganz nah war. Wenn Bodo nur da wäre!

Luise Stein rief ihre Tochter an.

„Ich komme übermorgen und hole dich und Karlheinz ab. Du solltest jetzt nicht mehr allein dort bleiben, schon gar nicht, wenn die Gefahr von Luftangriffen besteht."

In Weinoten ließ Elfriede sich von ihrer Mutter verwöhnen. Die letzten Wochen der Schwangerschaft waren in der Sommerhitze doch recht beschwerlich. Oma und Tante kümmerten sich um Karlheinz.

Von Bodo kamen erfreuliche Nachrichten: Er wurde Mitte Juli von Prag nach Tapiau in Ostpreußen versetzt. Von Tapiau nach Weinoten war es nicht weit. Für Elfriede ging am Horizont die Sonne auf. Jetzt konnte das Kind kommen. Alles war gut.

Einen Tag nach der Geburt seiner Tochter Dagmar am 25. Juli 1941 war Bodo in Weinoten und konnte zwei Kinder in den Arm nehmen.

Das Leben pendelte sich in ruhigen Bahnen ein. Sonntags besuchte Bodo seine Familie in Weinoten oder Elfriede fuhr mit dem Zug nach Tapiau. Die Kinder waren bei der Oma gut aufgehoben und in Tapiau war sie mit Bodo ungestört – ein unschätzbarer Vorteil.

Weihnachten feierten Elfriede und Bodo mit ihren Kindern, den Großeltern und Editha.

Der Krieg war plötzlich weit weg und Elfriede hütete sich, von ihm zu reden; ein schlafendes Untier sollte man nicht wecken.

Doch sie hatte sich getäuscht. Es schlief nicht.

7

S orgfältig klebte Elfriede den Umschlag zu. Wenn die Kinder im Bett waren, würde sie noch schnell zum Briefkasten laufen.

Weinoten, den 25. Januar 1942

Mein geliebter Junge,

schade, dass Du uns nicht mehr besuchen kannst, obwohl Tapiau von Weinoten nicht weit weg ist. Ich mache mir natürlich Sorgen, dass wieder etwas im Busch ist, was Du mir nicht sagen darfst. Meine größte Angst ist, dass Du nach Russland musst und wir uns nie mehr wiedersehen. Dann möchte ich nicht mehr leben.

Dieser eisige Winter macht uns schwer zu schaffen, die Kleinen können kaum nach draußen, zumal beide stark erkältet sind; eins steckt immer das andere an.

Sobald es nicht mehr so kalt ist, fahre ich mit den Kindern nach Hause, denn wenn Du Ausgangssperre hast oder was auch immer, kann ich auch in Deutsch-Eylau nach dem Rechten sehen. Ich freue mich doch sehr auf unser schönes Zuhause.

In Liebe,

Deine Friedel

Sie seufzte. Wie schnell waren die Sonntagsliebesstunden mit Bodo in Tapiau vergangen! Denn eins hatte Elfriede in der kurzen Ehezeit gelernt: Wann immer sich eine Gelegenheit bot, mit Bodo zusammen zu sein, musste sie sie wahrnehmen; niemand wusste, wann es auch die nicht mehr geben würde. Die Unsicherheit hatte sich im Leben aller breitgemacht wie der dichte Nebel zwischen den Häusern und Bäumen in Weinoten. Elfriede fröstelte.

Als Bodo seine Heimkehr zu Ostern 1942 in Aussicht stellte, fuhr Elfriede mit den Kindern nach Deutsch-Eylau. Ein Hauch von Frühling lag in der Luft, die ersten frühen Blumen zierten den Vorgarten und die Wiesen der öffentlichen Anlagen. Elfriede richtete die Wohnung her und stellte zur Freude der Kinder einen Strauß mit bunten Eiern auf den Esszimmertisch.

Viel zu schnell gingen die wenigen Ostertage vorbei. Bodo und Elfriede gingen mit den Kindern in den Anlagen spazieren, der Vater spielte mit seinen Kindern und freute sich, wie gut sie sich in der Zwischenzeit entwickelt hatten. Dagi machte ihre ersten Schritte und mit dem verständigen Sohn konnte er sich richtig „unterhalten". Karlheinz liebte die Jagdzeitschriften seines Vaters und betrachtete stundenlang die Bilder darin.

Die Tatsache, dass Bodo im September vierzehn Tage Urlaub haben würde, machte den bevorstehenden Abschied ein bisschen leichter. Bodo kehrte nach Tapiau zurück und Elfriede fuhr mit den Kindern wieder nach Weinoten. Der große Garten und die alten Obstbäume lockten und Luise Stein hatte im Juni Geburtstag.

Der Sommer war heiß, Elfriede fuhr mit ihrer Schwester und den Kindern ein paarmal nach Tilsit an die Memel zum Baden. Doch meistens scheute sie den Aufwand und die Anstrengung, dann musste eine große Zinkwanne im Garten die Memel ersetzen.

Drei Tage vor Bodos Urlaub kehrten sie nach Deutsch-Eylau zurück. Die warmen Tage hielten an, so konnten Bodo, Elfriede und die Kinder viel unternehmen. Sie besuchten die Badeanstalt, gingen auf der Uferpromenade spazieren, fuhren mit dem Schiff auf dem Geserichsee und dem Oberländischen Kanal.

Wenn die Kinder mittags schliefen, genossen Bodo und Elfriede ihre Zweisamkeit und die friedliche Stille in ihrer Wohnung.

Elfriede wunderte sich wieder einmal, wie schnell vierzehn Tage Urlaub vorbeigehen konnten. Noch lange winkten die Kinder ihrem Vati hinterher.

Zehn Tage vor Weihnachten stand Bodo plötzlich mit versteinertem Gesicht vor der Tür. Elfriede wusste gleich Bescheid: Wieder einmal stand ein längerer Abschied bevor.

„Ich bin ab sofort nach Frankreich kommandiert."

Elfriede umarmte Bodo ganz fest, damit er ihre Tränen nicht sehen sollte. Denn eines war ihr gleich klar: Zum Fest würde Bodo nicht zu Hause sein.

„Meine kleine Friedel, dein tapferes Herz ist jetzt gefragt, denn Weihnachten werde ich nicht mit euch feiern können. Du kannst dir vorstellen, dass es auch für mich sehr schwer werden wird. Aber denke immer daran, dass es den vielen Soldaten im Feld genauso geht, auch sie sehnen sich nach ihren Familien, und sie brauchen mich, zu Weihnachten mehr denn je."

Er nahm die Kinder, die ihn mit großen Augen anschauten, eins nach dem andern hoch und küsste sie innig. Elfriede schmiegte sich noch einmal fest in seine Arme – dann war er fort.

Bevor Verzweiflung und Traurigkeit aus ihren dunklen Ecken, in die Elfriede sie verbannt hatte, hervorkriechen und sich auf sie stürzen konnten wie ein Rudel Wölfe, hatte sie einen Entschluss gefasst und begann sofort, ihn in die Tat umzusetzen: Sie würde über Weihnachten nach Weinoten fahren.

Luise Stein freute sich über die Anwesenheit ihrer Tochter und der Enkelkinder. Lachen und Lärm erfüllten das Haus, in dem oft Friedhofsstille herrschte, nachdem Editha zur Lehrerausbildung nach Sachsen gegangen war.

„Weißt du, Elfchen, Ludwig ist jetzt noch stiller als sonst", sagte Luise Stein zu ihrer Tochter eines Abends, als die Kinder im Bett waren und ihr Mann noch am Schreibtisch saß. „Ich glaube, er kommt mit diesen neuen Zeiten überhaupt nicht zurecht. ‚Hochmut kommt vor dem Fall', sagte er neulich zu mir, ‚das hat sich noch immer bewahrheitet. Deutschland wird sehr tief fallen.' Wenn das jemand hört!"

Am nächsten Abend setzte sich Elfriede nach dem Essen zu ihrem Vater. Er hatte die Pfeife angezündet, ein Zeichen dafür, dass er nicht arbeiten, sondern das Zusammensein mit seiner älteren Tochter genießen wollte.

„Was sind das nur für Zeiten, in denen Väter zu Weihnachten nicht bei ihren Familien sein können", brummelte er vor sich hin.

„Ja, es ist schwer", antwortete Elfriede leise, „wir können nur hoffen, dass diese Kriege, die unsere Männer von uns fortführen, zu Deutschlands Bestem sind."

Der Lehrer sah seine Tochter an und schüttelte den Kopf.

„Das wird niemals so sein, denn politischer Größenwahn ist noch immer bestraft worden, das lehrt uns die Geschichte. Zurzeit paart er sich in Deutschland mit kulturellem Banausentum, denn die geistige Elite, oft Juden, flieht aus unserem Land. Dabei denke ich nicht nur an Albert Einstein oder Sigmund Freud, sondern auch an Schriftsteller wie Feuchtwanger, Döblin oder Werfel, ein unsichtbarer Aderlass an Intelligenz und Geist. Statt ihrer liegen die Kadaver der Wichtigtuerei in allen Straßen. Was ist das für ein Land, in dem Künstler wie Kurt Tucholsky Selbstmord begehen? Übrigens hat deine Mutter die entsprechenden Bücher aus meinen Regalen genommen, damit ihre Anwesenheit uns nicht gefährdet. So ein Land ist Deutschland geworden. Glaubst du wirklich, dass es auf Dauer siegen kann?"

Elfriede blieb stumm. Die eintretende Stille wog zentnerschwer, als läge das Schicksal Deutschlands auf dem Tisch des Dorfschullehrers Ludwig Stein und würde hier entschieden.

„Ich habe Heinz Bauer zufällig in Prag getroffen", platzte sie plötzlich heraus, obwohl sie sich geschworen hatte, mit niemandem über diese Begegnung zu reden. „Vor dem Schaufenster einer Buchhandlung. Wir haben nur wenige Worte gewechselt, denn er hatte Sorge, dass uns jemand beobachten könnte. Dabei sorgte er sich mehr um mich als um sich selbst."

Ihr Vater schüttelte den Kopf:

„So ein Land ist Deutschland geworden."

Als Elfriede am Tag nach Weihnachten vom Einkaufen zurückkam, lag ein Brief auf ihrem Platz am Esstisch. Neugierig nahm sie ihn in die Hand und drehte ihn hin und her. Fremd sah er aus, unscheinbar grau, mit

Stempeln und Nummern versehen. Dann erkannte sie Bodos Schrift. Ein Brief aus Frankreich! Hastig riss sie den Umschlag auf.

Bodo schickte seine Feldpostnummer für ihre Antwortbriefe, erzählte von seinem medizinischen Alltag und von seiner Sehnsucht nach Frau und Kindern.

Die Feldpostnummer. Ihr über alles geliebter Bodo, der Vater ihrer Kinder, war zu einer Nummer geworden, dachte Elfriede und hatte Mühe, die Bitterkeit darüber zu verdrängen. Wie lange wird diese Nummer von nun an unser Leben begleiten, Wochen, Monate, Jahre? Die Feldpostnummer ist meine Nabelschnur zu Bodo.

Im nächsten Brief kündigte Bodo seinen Urlaub für Februar 1943 an und Elfriede eilte mit ihrem Sohn nach Deutsch-Eylau, um die Wohnung herzurichten und Lebensmittel einzukaufen. Oma Stein würde die kleine Tochter ein paar Tage später bringen.

Mit großen Augen schauten die Kinder ihren Vati an, als er endlich zu Hause eintraf. Doch die Zeitspanne des Sich-fremd-Fühlens ging schnell vorbei, auch die Urlaubstage flogen vorüber und wieder gab es Abschiedsküsse und Umarmungen. Ich will nicht, dass Bodos Kommen und Gehen zu unserem Lebensrhythmus wird, ich will es nicht, dachte Elfriede trotzig und wusste doch, dass sie diese Abläufe nicht ändern konnte.

Bodo kehrte an die Atlantikküste zurück mit dem Wissen, dass ihm im Juli ein weiteres Kind geboren werden würde.

Warme Frühlingstage, an denen Elfriede mit den Kindern nach draußen gehen konnte, milderten den Trennungsschmerz. Sie machten lange Spaziergänge auf der Uferpromenade, in den Anlagen, zu den Spielplätzen. Wenn die Kinder in der Sandkiste beschäftigt waren, saß Elfriede auf der Bank und strickte. Oft genug sanken die Stricknadeln dann in den Schoß, weil ihre Gedanken nach Frankreich flogen, sie im Geiste Bodo sah, wie er sich zu Verwundeten herabbeugte, wie er mit Sanitätern sprach, Kranken Zuversicht einflößte, operierte und Sterbende tröstete. Er führte ein schweres Leben unter ständiger Bedrohung. Dann schaute sie zu den Kindern in der Sandkiste hinüber, lauschte ihrem nie abreißenden Geplapper und war mit ihrem Schicksal versöhnt.

Im April vergrößerte sich die Familie um das Pflichtjahrmädel Ilse. Sie konnte wunderbar mit den beiden Kindern umgehen, wurde von ihnen heiß geliebt und erleichterte Elfriede die letzten Schwangerschaftsmonate, indem sie mit den Kindern ins Freie ging und Elfriede sich hinlegen konnte.

Von Bodo kam eine Hiobsbotschaft: Mit seinem Sanitätskorps wurde er ab sofort an die südliche Ostfront verlegt, die Elfriede mit Russland gleichsetzte, und vor den Russen hatte sie panische Angst, sah sie doch Bodo in höchster Lebensgefahr und konnte für ihn doch nichts tun, außer Briefe zu schreiben, in der Hoffnung, dass sie ihn erreichten und ihm Mut machten.

Wieder packte Elfriede ihre Sachen zusammen und reiste zu ihren Eltern nach Weinoten. Es wurde ein heißer Sommer, die Kinder verbrachten viele Stunden mit ihren Großeltern draußen im Garten. Am 23. Juli 1943 wurde ihre Schwester Karin geboren. Die Nachricht von der Geburt ging in einem Brief auf die Reise nach Russland und schon vier Tage später hielt Bodo sie in seinen Händen. Bald folgten einige Fotos nach, doch es sollte noch fast ein halbes Jahr vergehen, bis er seine zweite Tochter auf den Arm nehmen konnte.

Erst im Dezember 1943 bekam er Urlaub und kehrte nach Deutsch-Eylau zurück. Elfriede hatte wie immer vorher die Wohnung weihnachtlich hergerichtet, sodass Bodo, der elend und müde aussah, sich erholen konnte. An den dunklen Nachmittagen saßen sie dann gemütlich bei Kerzenschein im Herrenzimmer und tranken Kaffee, während die Kinder um sie herum spielten.

„Du kannst dir gar nicht vorstellen, wie oft ich davon geträumt habe."

Elfriede streichelte Bodos Arm.

„Doch, kann ich, liebste Friedel", antwortete Bodo leise. „Ohne die Hoffnung auf ein gesundes Wiedersehen ist es schwer, im Krieg zu überleben. Dass es den Kindern so gut geht, dafür hast du gesorgt und dafür möchte ich dir danken."

Er küsste sie innig. Eines machte Elfriede besonders glücklich: dass in diesem Jahr die Familie gemeinsam „Ihr Kinderlein, kommet" unter dem Weihnachtsbaum singen konnte.

Der Nationalsozialismus mit seinen Ausprägungen und die Begleiterscheinungen des Krieges machten vor Deutsch-Eylau nicht Halt. In den Straßen sahen die Kinder Panzer und Sturmgeschütze und verfolgten interessiert deren Bewegungen. Bodo ging mit seinem Sohn in die Kaserne und sorgte dafür, dass der Kleine in einem Panzer und anderen Fahrzeugen sitzen durfte. Oft genug marschierte die Hitlerjugend in den Straßen und BDM-Mädels zogen in Gruppen an den Kindern vorbei. Wenn Elfriede nicht aufpasste, hatten ihre beiden trotz der Kälte die langen Strümpfe in Windeseile losgeknüpft und zu Kniestrümpfen heruntergerollt. Wie die großen Kinder wollten sie sein.

„Wir gehen schweren Tagen entgegen", notierte Elfriede in ihrem Tagebuch, als Bodo am 12. Januar 1944 nach Russland abkommandiert wurde. Die alte Russenangst wachte wieder auf wie ein Feuer speiender Drache in seiner Höhle. Überhaupt empfand sie eine grundlegende Bedrohung ihres Lebens, sah Bodo in Russland gefährdet, ihre Eltern in Weinoten, die Kinder in Deutsch-Eylau, und sich selbst unterwegs nach Sibirien, in ein Arbeitslager zwangsdeportiert. Was würde dann aus ihren Kindern werden?

Nächtelang waberten Ängste durch das Schlafzimmer und es dauerte einige Zeit, bis Elfriede sich wieder an die neue, alte Situation gewöhnt hatte: Bodo weit weg im täglichen Kampf gegen Tod und Krankheit, sie hier in der täglichen Sorge für ihre Kinder.

Und Sorgen gab es genug. Kinderkrankheiten stellten sich ein, zunächst waren es die Windpocken, die alle drei nacheinander bekamen.

Als sie überstanden waren, fuhr Elfriede im Juni wieder einmal nach Weinoten. Die Großeltern Stein freuten sich sehr, ihre Enkelkinder wiederzusehen, hofften auf viele gemeinsame Sommertage.

Doch lange sollte die Freude nicht dauern. Fassungslos standen sie und Elfriede eines Nachts im Juli 1944 vor der Haustür in Weinoten, beobachteten helle Blitze am Horizont und lauschten ungläubig den grollenden Detonationen in der Stadt an der Memel. Tilsit wurde bombardiert.

Sofort nahm der Angstdrache wieder von Elfriede Besitz, sie musste sich schwer zusammennehmen, um nicht vor den Kindern in Panik auszubrechen. Standen die Russen schon an der Memel? Würden sie auch Weinoten demnächst bombardieren? Eines stand noch in derselben Nacht für sie fest: Sie würde sofort nach Hause fahren. Weg von den Bomben, weg von den Russen.

Wieder in Deutsch-Eylau. Elfriede war erleichtert, war doch hier noch kein Kriegsgrollen zu hören; jedoch zur Ruhe kam sie nicht. Der Keuchhusten packte die Kinder, Tag und Nacht fanden sie keinen Schlaf.

Außerdem häuften sich die schlechten politischen Nachrichten.

Das Attentat auf Hitler in der Wolfsschanze am 20. Juli 1944 war misslungen. Elfriede musste erkennen, dass viele Adlige und hohe militärische Ränge Hitler misstraut und seinen Tod herbeigewünscht hatten. Auch adlige Ostpreußen waren an dem Umsturzversuch beteiligt und wurden hingerichtet. Das Leben war noch unsicherer geworden und konnte nur von Tag zu Tag geplant werden. Wer würde es wagen, in diesen Zeiten Voraussagen für die Zukunft zu machen?

Das geliebte Königsberg war schwer verwundet. Ende August hatten die Engländer es bombardiert, die historischen Gebäude zu über fünfzig Prozent zerstört, Tausende von Menschen wurden getötet. Elfriede weinte über die Verluste und fragte sich, was aus ihren Freunden der Jugendzeit geworden war. Hatten sie überlebt, die Stadt rechtzeitig verlassen können?

Im September wurde Tilsit tödlich getroffen. Elfriede machte sich große Sorgen um ihre Eltern und ahnte, dass sie ihr geliebtes Weinoten nie mehr wiedersehen würde.

Von Bodo kamen gute und schlechte Nachrichten. Er war wieder in Polen, im August war er Oberstabsarzt geworden. Außerdem war er krank und lag mit Paratyphus im Krankenhaus. Wie es ihm wohl ging? Wahrscheinlich spielte er seinen wahren Zustand herunter, um ihr nicht noch mehr Sorgen aufzubürden. Wann würde er wieder nach Hause kommen? Die Sehnsucht nach ihrem Mann war schmerzhaft groß. Und die Russen rückten vor, unaufhaltsam. Was würde aus ihnen allen werden? Dass der Krieg noch zu gewinnen war, daran glaubte Elfriede tief in ihrem Herzen schon lange nicht mehr und viele andere Menschen sicher auch nicht. Doch solche Gedanken zu äußern, war lebensgefährlich. Der Dorfschullehrer Ludwig Stein hatte ja so recht gehabt.

Ende September riss das Telefon Elfriede aus ihren Grübeleien. Sie hatte Mühe, die aufgeregte Stimme ihrer Mutter zu verstehen, die ihr mitteilte, dass sie nach Sachsen ausreisen dürften, schon in den nächsten Tagen, der Russe rücke auf die Memel vor. Sie müsse noch eine Menge Sachen packen, denn man habe ihnen gesagt, dass sie alles mitnehmen, sogar schon vorher auf die Bahn bringen könnten. Elfriede konnte keine Fragen stellen, in ihrer Nervosität verstand ihre Mutter überhaupt nichts. Sie hätten doch jeder nur zwei Hände, auch Dita, die sie begleiten dürfe; darüber sei sie so froh, Dita wäre ja sonst hier ganz allein, und wenn die Russen kämen ...

Luise Stein brach mitten im Satz ab und Elfriede konnte sich vorstellen, welche Gedanken ihrer Mutter durch den Kopf gingen.

„Sei froh, dass ihr fortkommt, bevor die Russenpanzer da sind", redete Elfriede ihrer Mutter gut zu. „Und wenn ihr angekommen seid, rufe mich gleich an."

Sie hörte an der Stimme, dass Luise Stein mit den Tränen rang. Wie furchtbar es sei, das schöne Haus mit allen Möbeln verlassen zu müssen und den großen Garten, in dem sie, Elfriede, und Dita als Kinder und jetzt die Kleinen so gern gespielt hätten. Ob Elfriede glaube, dass sie ihre Heimat jemals wiedersehen würden?

Zentnerschwer fiel es Elfriede aufs Herz; nein, sie glaubte es nicht, doch wer, wenn nicht sie, sollte ihrer Mutter Mut machen?

„Jetzt ist erst einmal wichtig, dass ihr euch in Sicherheit bringt, alles andere wird sich finden. Bestimmt dürfen wir auch bald fort und dann komme ich mit den Kindern zu euch. Und wenn alle Feinde Deutschlands besiegt sind, kehren wir nach Hause zurück."

Wie gut, dass sie ihrer Mutter bei diesen Worten nicht in die Augen sehen musste, denn an das, was sie da sagte, glaubte sie nicht mehr: Die Bomben auf Tilsit und Königsberg sprachen eine andere Sprache.

Wann würde sie Deutsch-Eylau verlassen dürfen? Bisher war es verboten, aus der Stadt zu flüchten, um die Kampfmoral der deutschen Soldaten nicht zu untergraben. Man hatte den Einwohnern versprochen, dass sie rechtzeitig informiert würden, wenn es so weit war, sich in Sicherheit zu bringen. Würde Bodo dann bei ihr sein und ihr zur Seite stehen können mit den drei kleinen Kindern?

Fast jede Nacht erwachte der Angstdrache, schlich um ihr Bett und knurrte bösartig. Dann lag sie schlaflos da, ihre Gedanken kreisten um eine Zukunft, die sie nicht erkennen konnte; der Drache hatte sie gefressen.

Und dann noch Nemmersdorf. Die Bilder von den durch die Russen vergewaltigten und getöteten deutschen Frauen beschäftigten Elfriede Tag und Nacht. Würde so auch das Schicksal der Frauen in Deutsch-Eylau aussehen? Wie gut, dass sie die Kinder hatte, die sie ablenkten und ihre Aufmerksamkeit einforderten.

Ebenfalls im Oktober 1944 stand ein ausgemergelter, blasser Bodo in der Tür. Elfriede erschrak über sein Aussehen, die Kinder standen scheu an der Wand und schauten mit unsicheren Augen. Für Bodo machte der Krieg eine Pause, er hatte drei Wochen Erholungsurlaub.

Als er Anfang November nach Polen zu seiner Sanitätskompanie zurückmusste, war Elfriede klar: Dieses Weihnachten würde sie mit den Kindern wirklich allein sein. Die Großeltern waren inzwischen ausgereist und für Bodo würde es keinen Urlaub geben.

An einem kalten Dezembernachmittag klingelte es heftig an der Tür. Als Elfriede öffnete, traute sie ihren Augen kaum.

„Was machst du denn hier, wie kommst du hierher?"

Luise Stein stand im Flur und umarmte ihre Tochter.

„Ich bin auf dem Weg nach Weinoten. Im Radio wurde gesagt, dass zurzeit keine russischen Kriegshandlungen an der Memel stattfänden. Da habe ich mir gedacht, ich könnte noch Sachen von zu Hause holen, man kann doch nicht alles den Russen überlassen."

„Aber das ist doch gefährlich, Tilsit ist Frontstadt, die Russen stehen am jenseitigen Memelufer. Was sagt denn Vati dazu?"

„Natürlich war er dagegen, du weißt ja, wie ängstlich er ist. Aber ich

kriege den Zorn, dass ich die feine Bettwäsche und das ganze gute Geschirr den Feinden schenken soll. Was ich tragen kann, nehme ich mit.
Für heute allerdings würde ich gerne hier übernachten, morgen früh bre-
che ich auf. Wo sind denn die Kinder?"

Zehn Tage später wiederholte sich das Geschehen; noch einmal fuhr
Luise Stein nach Weinoten und nahm aus der Wohnung mit, was sie nur
tragen konnte. Dann war endgültig Schluss. Die Kriegslage spitzte sich
zu. Der russische Drache knurrte immer lauter.

8

Wie oft schon habe ich dieses Foto angesehen! Jetzt ziehe ich es wieder zu mir her und studiere die Gesichter, in die der Krieg seine Spuren gemeißelt hat.

Es ist ein Frühlingsbild, vielleicht wurde es am sechsten Geburtstag meines Bruders am 22. Mai 1946 aufgenommen.

Wir drei Kinder stehen vor unseren Eltern, aufgereiht wie die Orgelpfeifen, der ältere Bruder rechts, die jüngere Schwester links von mir. Wir beiden Mädchen tragen Schleifchen im aufgesteckten blonden Haar, dazu weiße Kleidchen, der Bruder auch in Weiß. Hübsch hast du uns hergerichtet, Mutti. Du selbst trägst ein kurzärmeliges Blümchenkleid und hast deine geflochtenen Zöpfe um den Kopf gelegt, Vati mit Krawatte im grauen Anzug, dessen Jackett Falten in alle Richtungen wirft. Sicher war er froh, dass das geschenkte Stück überhaupt irgendwie passte. Wie ausgemergelt er aussieht, mit hohlen, gefurchten Wangen, irgendeine Form von „Bitte recht freundlich" will ihm nicht gelingen; du selbst zeigst ein schüchternes Lächeln in Augen und Mundwinkeln.

Die Kindergesichter sprechen ihre eigene Sprache: Die kleine Schwester mit unschuldigem Kleinkinderlächeln, der Bruder mit zugekniffenen Augen und verkrampftem, zweifelndem Mund, als ob er an Frieden und Geborgenheit nicht glauben könne. Und ich?

Ein ernstes, blasses Mädchengesicht schaut mich an, als wolle es sagen: Was ich erlebt habe, wird bis zu meinem Ende ein Teil von mir und dir sein, denn ich bin du und du bist ich.

Doch der Weg bis zu diesem Foto war lang, steinig, gefährlich; viele sind hingefallen und nicht wieder aufgestanden. Du hast Deine Kinder sicher durch ein schlimmes Jahr geführt. Dafür danke ich Dir.

Nur gut, dass Woscidlos jetzt mit im Haus wohnten! Elfriede war mit Lena Woscidlo eng befreundet und als deren Mann eingezogen wurde, wollte sie aus lauter Angst mit ihren Kindern nicht allein im Haus bleiben. In diesen bedrohlichen Tagen rückten die Menschen zusammen. Wie sonst sollte man die Weihnachtstage überstehen, an denen ein Feldpost-brief der einzige Lichtblick war?

Elfriede spürte schmerzlich, dass es immer einsamer um sie wurde: der Mann irgendwo, Eltern und Schwester geflüchtet.

Und Luise, Fritz, Hilde?

Anzeigen waren in den letzten Jahren gekommen. Zuerst eine Ge-burtsanzeige von Hilde, die einen Jungen zur Welt gebracht hatte, dann eine Heiratsanzeige von Luise. Sie hatte Doktor Thomas Brückner gehei-ratet, bevor er eingezogen wurde. Aus der großen Feier war nichts mehr geworden, es musste alles schnell gehen. Genauso war es bei Elfriedes Schwester Editha gewesen: Sie hatte zu Beginn des Jahres ihren Hans geheiratet, der nach wenigen Tagen zur Ostfront ausrücken musste. Hier wie dort blieb eine junge Frau allein zurück. Ob Luise noch im Tilsiter Krankenhaus arbeitete, ob sie sich auch zum Kriegseinsatz gemeldet hatte? Oder war sie vielleicht auch schon im Westen? Lauter Fragen, auf die Antworten zu bekommen in jenen Tagen unmöglich war.

Elfriede hatte eigene Sorgen. Sie fieberte dem 12. Januar 1945 entge-gen, dem Tag, an dem sie mit Bodo in Litzmannstadt verabredet war und der sie für seine Abwesenheit zu Weihnachten entschädigen würde. Was sollte sie anziehen, womit könnte sie ihm eine Freude machen, hatte sie ein paar neuere Fotos von den Kindern? Gott sei Dank hatte sich Frau Woscidlo angeboten, auf sie aufzupassen.

Dann die Enttäuschung zwei Tage vorher: Bodo sagte das Treffen ab, weil er am 12. Januar einen anderen Oberstabsarzt vertreten musste. Er würde sich sogleich um einen Ersatztermin bemühen. Als die Kinder abends im Bett waren, brach Elfriedes fragiles Gerüst der Selbstbeherr-schung zusammen. Bitterlich weinte sie in den Armen von Lena, als ahne sie, dass die Trennung von Bodo noch viele Monate dauern würde.

Es war, als zöge das Schicksal nun alle Register des Schreckens. Ebenfalls am 12. Januar begann die russische Großoffensive, die müh-sam in Schach gehaltene Russen- und Kriegsangst brach bei Elfriede aus wie Windpocken, der Gedanke an Flucht nahm immer klarere Gestalt an. Wann würden sie endlich gehen dürfen oder müssen? Sollte sie schon mal anfangen zu packen? Wie würde sie mit drei kleinen Kindern und

Gepäck zurechtkommen? Wie gut, dass Lena ihr helfen konnte, ihre beiden Kinder waren schon ein paar Jahre älter!

Gerüchte huschten wie Gespenster durch die Straßen. Die Stadtverwaltung sei schon längst weg, hieß es, die russischen Panzer stünden nur noch wenige Kilometer außerhalb der Stadt, der Strom der Flüchtlinge würde immer länger, und was die von Begegnungen mit Russen erzählten ...

Elfriede wollte nicht hinhören und konnte es doch nicht vermeiden. Die ersten Anweisungen fanden sich auf Anschlägen in den Straßen und meldeten den bevorstehenden Aufbruch: wer sich wo einzufinden hatte, welche Sirenentöne das Verlassen der Häuser bedeuteten, welche Dinge jeder mitnehmen durfte. Nachts erzitterte der Horizont unter Donnerschlägen und verkündete mit blutrotem Schein den nahenden Untergang der Heimat.

Noch einen Brief an Bodo schreiben, die Verbindung nur nicht abreißen lassen! Vielleicht war es die letzte Nachricht, die sie ihm aus der Heimat schicken konnte. Aber wo würde der Brief Bodo erreichen, in Warschau oder Danzig? Die Feldpostnummer verriet nichts.

Spätabends, als die Kinder schliefen und Elfriede das Gepäck im Flur noch einmal überprüft hatte, setzte sie sich an den Tisch und rückte die Lampe zurecht; an Schlaf war sowieso nicht zu denken.

Deutsch-Eylau, den 20. Januar 1945

Mein innigst geliebter, großer Junge,
so habe ich Dich immer genannt seit unserer Hochzeit, weil Du so unbekümmert und fröhlich warst, ein richtiger Lausbube. Was wird davon noch übrig sein nach all dem Schrecklichen, was Du da draußen ertragen musst? Ich habe gehört, ihr seid von russischen Panzern eingeschlossen, und mag mir gar nicht vorstellen, was das zu bedeuten hat.

Aus der Ferne, und doch beängstigend nah, rollen dumpfe Schüsse heran und lassen die Fensterscheiben leise klirren. Manchmal glaube ich, sogar das Rasseln der Panzerketten zu hören. Ich stelle mir vor, wie sich die grauen, entsetzlichen Ungetüme durch die Wälder unserer schönen Heimat schieben und unsere ostpreußische Erde plattwalzen. Ich fühle mich eingekesselt, habe Angst. Um die Kinder, um Dich und mich.

Der letzte Abend in unserem Heim. Vor ein paar Stunden ist ein Lautsprecherwagen durch die Straßen gefahren. Wir sollen uns ab sofort für die Flucht aus der Stadt bereithalten. Einerseits ist es gut, dass die ewige Warterei auf den Aufbruch endlich ein Ende hat, andererseits zerreißt es mir das Herz, unser Zuhause, das uns Geborgenheit und Schutz gab, verlassen zu müssen.

Wenn ich nur wüsste, wo Du bist, mein geliebter Mann, und wie es Dir geht. Dann wäre vieles für mich leichter zu ertragen. Aber diese ewige Ungewissheit! Was wird morgen sein? Was wird sein, wenn Du diesen Brief, den letzten aus unserem Zuhause, erhältst?

Die Kinder schlafen tief und fest, wissen nichts von dem, was auf sie zukommt.

Heute war ich über Mittag mit den beiden Großen zum Schlittenfahren im Freien, es liegt doch so viel Schnee. Wegen der Kälte konnten wir aber nicht lange draußen sein.

Ich habe die Sachen der Kinder zum Anziehen bereitgelegt. Wie soll ich nur zurechtkommen mit den Kleinen und dem vielen Gepäck, bei der Kälte und dem tiefen Schnee! Karlheinz ist zwar sehr vernünftig und brav, aber doch nur ein kleiner Junge von fünf Jahren. Er kümmert sich rührend um Dagmar, und unsere kleine Karin weiß sowieso von nichts.

Zum Glück wohnt Lena Woscidlo seit ein paar Wochen bei mir, sie wird mir helfen. Als ihr Mann eingezogen wurde, bat sie mich, zu uns ins Haus ziehen zu dürfen, sie habe Angst vor den Luftangriffen, habe ich Dir das eigentlich schon geschrieben? Die Feldpost braucht immer so lange, und so weiß ich schon gar nicht mehr, was ich Dir schon erzählt habe und was nicht. Ich höre Lena nebenan umhergehen; dabei ist doch alles eingepackt. Doch wer kann in so einer Nacht schon schlafen!

Heute Mittag traf ich Frau Johrde, die Frau vom Gasanstaltsdirektor. Sie sagte mir, dass wir zur Gasanstalt kommen sollten, wenn das Zeichen zum Aufbruch käme, und erzählte außerdem schlimme Dinge von dem, was um Deutsch-Eylau herum passiert. Ich hatte ja überhaupt keine Ahnung!

Seit zwei Tagen ziehen endlose Flüchtlingsströme an der Stadt vorbei, die Menschen fliehen vor den Russen. So viele Frauen und Kinder! Und viele Straßen und Wege sind tief verschneit oder verschlammt wegen der Militärfahrzeuge. Es ist so furchtbar und mir kommen die Tränen, wenn ich an all die Flüchtlinge denke. Dabei werden wir nun selbst welche sein.

Frau Johrde erzählte auch, dass ganz viele Straßen in der Umgebung schon vermint seien, wegen der russischen Panzer. Wie sollen wir da bloß sicher aus der Stadt kommen? Mein höchstes Ziel ist es, unsere drei Kleinen zu beschützen, und ich verspreche Dir, mein Geliebter, dass ich mein Leben für unsere Kinder einsetzen werde, wenn es denn nötig sein sollte.

Aber ich will nicht jammern, denn ich weiß, dass Du es auch nicht leicht hast. Die Vorstellung, dass Du irgendwo schwer verletzt liegst oder in Gefangenschaft bist, treibt mir die Tränen in die Augen. Oder hältst Du Dich noch in Warschau auf? Aber wahrscheinlich bist Du so schnell wie möglich wieder zurückgehetzt, um Deinen Pflichten als Arzt an der Front nachzukommen. Ich kenne doch meinen großen, lieben Jungen, der seine Soldaten nicht im Stich lässt.

Für unsere Kinder und für Dich, für eine gemeinsame Zukunft, an die ich ganz fest glauben will, muss ich stark sein. Wenn ich an Dich schreibe, habe ich das Gefühl, mit Dir zu reden, Dir ganz nah zu sein, und das gibt mir Kraft. Die ganze Nacht könnte ich so sitzen und an Dich schreiben.

Der Donner wird lauter, oder ist das Einbildung? Ich habe schreckliche Angst vor den Russen. Es werden so viele entsetzliche Dinge erzählt von Leuten, die aus weiter östlich gelegenen Dörfern kommen und ihre Häuser und Höfe schon verlassen haben. Was haben die armen Menschen nicht alles durchmachen müssen, die armen Leute! Wenn ich mir vorstelle, dass die russischen Horden vielleicht schon morgen in unser schönes Zuhause einfallen, sich auf das braune Ledersofa lümmeln und von unserem Porzellan essen, sich in unser Ehebett …, ich könnte heulen, ohne Ende.

Wie schön war doch das Leben bisher und welch schlimme Folgen hat der Krieg uns gebracht. Hoffentlich geht er nun bald glücklich zu Ende, dieser Krieg, der so viel Kummer und Leid über uns Menschen bringt.

In Deinen Briefen hast Du geschrieben, dass ihr die Russen zurückjagen werdet, dass der Krieg schnell beendet sein wird, und an beides will ich weiterhin ganz fest glauben!

Wenn wir den Krieg gewinnen und Du gesund heimkehrst, werden wir es schon wieder noch einmal guthaben!

Fritz Neumann war vor ein paar Tagen zu einem kurzen Besuch da, Du kennst ihn ja. Er sagte, dass er Frau und Sohn mit der „Wilhelm Gustloff" über die Ostsee in Sicherheit bringen wolle, allerdings mache er sich große Sorgen wegen der russischen Tiefflieger. Das Schiff müsste in diesen Tagen auslaufen. Hoffentlich geht alles gut.

Solange die Eltern noch hier waren, habe ich zwei Zimmer beheizt, jetzt nur noch das, in dem die Kinder und ich uns tagsüber aufhalten. Die Eltern sind nun schon seit Wochen fort, das schrieb ich Dir ja schon, auch ihre Adresse. Sie haben viele Sachen mitnehmen können, auch Kleidung für die Kinder. Darüber bin ich so froh. Wenn ich es nur bis zu ihnen nach Höckendorf schaffe! Sachsen ist weit, und man weiß ja nicht, ob überhaupt noch Züge und Busse überall fahren. Mit den Kleinen wird es ganz schwer werden. Das Beste ist, wenn Du von jetzt ab Deine Post an die Adresse in Höckendorf schickst, ich weiß ja nicht, wie lange ich unterwegs sein werde. Tage? Wochen? Keiner weiß es.

Herr Kubisch von der Stadtverwaltung war heute auch hier und hat uns beruhigt. Wir sollten uns nur nicht aufregen, wir kämen alle rechtzeitig raus, mit allem Gepäck. So habe ich stundenlang gepackt. Die Bettsäcke sind prall gestopft, das Radio und einige Elektrogeräte habe ich fest und sicher eingewickelt, dazu unsere Kleidung, und natürlich alle Deine lieben Briefe und die Fotos aus glücklichen Tagen. Sie geben mir Halt, und wenn ich Deine Briefe wieder und wieder lesen kann, fühle ich mich stärker und zuversichtlicher.

Der Schlitten steht innen an der Haustür, ohne ihn wird es nicht gehen, es liegt doch so schrecklich viel Schnee. Frau Woscidlo wird ihn mit dem Gepäck ziehen, Karin muss ich tragen und Karlheinz und Dagmar müssen Hand in Hand neben mir gehen. Ganz unten in die große Tasche habe ich den weißen Angorapullover getan, Du weißt schon, den Du mir in Prag gekauft hast. Auf gar keinen Fall darf er den Russen in die Hände fallen!

Mitternacht. Die Standuhr in meinem Rücken schlägt zwölfmal. Auch diesen vertrauten Ton werde ich nie mehr hören. Wenn ich daran nur denke, wird der Schmerz in meinem Herzen unerträglich.

Um das Haus ist es so still. Und kalt. Man hört nur das froststarre Knacken in den Bäumen vor dem Fenster. Hin und wieder einen knirschenden, eiligen Schritt, der schnell wieder verebbt. In der Ferne grollt anhaltender Geschützdonner. Er kommt näher und näher. Die Angst auch.

Wie lange noch werde ich hier sitzen und an Dich schreiben dürfen?

Mein geliebter Mann, unsere glücklichen Tage sind Vergangenheit, wo ist die Zukunft? Worauf dürfen wir noch hoffen, woran noch glauben? Das Leben soll doch von uns freudig gelebt werden. Aber wie kann ich freudig leben? Ohne Dich ist mein Leben nichts. Nur eins weiß ich sicher: Meine Liebe zu Dir ist unendlich und ewig, und kein Russe kann ihr etwas anhaben.

Es war eine schöne, glückliche Zeit in unserem Liebesnest, und die Stunden mit Dir werde ich nie vergessen. Du warst ja so wenig da, aber dann wurden auch die Urlaubswochen besonders schön. Und glücklich war ich, wenn ich für Dich und die Kleinen herumschaffen konnte.

Wie gern würde ich Dich wieder in meine Arme schließen, an ein gemeinsames Leben mit Dir und den Kindern glauben!

Ich habe solche Angst, wir könnten uns nicht mehr wiedersehen, dann wäre auch für mich alles zu Ende. Ohne Dich und Deine Liebe könnte ich nicht glücklich sein, nein, ich will dann auch gar nicht mehr weiterleben.

Jetzt. Das Signal zum Aufbruch. Die Sirene heult. Ihr Jammern zieht durch die kalten, dunklen Straßen. Die Stadt weint.

Laut hämmert es an der Tür. Gott steh uns bei.

Ich liebe dich.

Deine Friedel

Das dicke Fotoalbum vor mir beginnt im Mai 1940 mit der Geburt meines älteren Bruders. Meine Schwester hat es mir geschickt und so beginne ich zu lesen, verliere mich in der Zeit bis 1947. Ganz ausführlich beschreibst du darin das Heranwachsen deiner drei Kinder – laufen lernen, das erste Wort, der erste Zahn –, dazwischen kleben die Fotos eines alltäglichen Familienlebens.

Oma Stein hatte es bei ihrer Ausreise aus Ostpreußen mitgenommen und dir in Höckendorf wiedergegeben.

„Erinnerst du dich an die Tage der Flucht?", bin ich in meinem Leben oft gefragt worden. Nein, ich erinnere mich nicht, war ich doch im Januar 1945 ein kleines Mädchen von dreieinhalb Jahren.

Bis auf den Schrei. Er versank in meinem Unterbewusstsein und tauchte nur aus dem Meer vergessener Erinnerungen auf, wenn man ihn heraufholte.

Es war auf einem dieser überfüllten, eiskalten Bahnsteige zwischen Deutsch-Eylau in Ostpreußen und Höckendorf in Sachsen. Du wartetest mit uns und Woscidlos auf einen Zug, der auch schon bei Ankunft voll sein würde, in der Hoffnung, wir könnten uns noch irgendwie mit hinein-zwängen. Soldaten waren auch da, sie sollten wohl für Ordnung sorgen. Als der Zug langsam an den Bahnsteig rollte, als die Menschenmassen anfingen, zu den Türen zu drängen, nahm ein Soldat meine kleine Schwester hoch, um dir zu helfen und das Kind vor dem Erdrücktwerden zu bewahren. Doch du konntest ihm mit den anderen beiden Kindern und den Taschen kaum folgen und hattest Angst, ihn aus den Augen zu verlie-ren – und damit dein jüngstes Kind. Da hast du geschrien – und der Sol-dat drehte sich um, wartete und half uns allen sicher in den Zug.

Dieser Schrei in höchster Not, längst verhallt auf dem Bahnhofsgelän-de: Er verkroch sich tief in meinem Innersten, wo sonst nichts war an Fluchterinnerungen.

Darum erzähl du von diesem Jahr, Mutti, das sicher zu dem bisher schlimmsten deines Lebens wurde.

Im Nachhinein, meine Tochter, erscheint es mir wie ein Wunder, dass ich es mit euch dreien bis zu meinen Eltern, deinen Großeltern, geschafft habe. Nach sechzig Stunden Eisenbahnfahrt mit neunmal Umsteigen standen sie am Bahnhof in Höckendorf wie eine Fata Morgana. Ich konnte es kaum fassen, weinte vor Erleichterung und war am Ziel, vorerst.

Warm war es in der kleinen Wohnküche, die Ludwig und Luise Stein bewohnten, in der Schlafkammer, in der ich mit drei Kindern schlafen sollte, dagegen eisig. Doch ich war so dankbar für ein Dach über dem

Kopf und etwas Warmes zu essen und zu trinken. Gott sei Dank hatte deine Omi einiges an Kinderkleidung mitgenommen, als sie im Herbst ausreisen durfte, und so gab es jetzt endlich etwas Frisches zum Anziehen. Und dann wollte ich nur noch schlafen, in der Stille der Nacht, ohne Geschützdonner, der die Scheiben der Waggons klirren ließ, ohne das Rumpeln der Zugräder über beschädigte Weichen, ohne das Husten, Schnarchen oder Weinen von Kindern und alten, kranken Menschen; all das wollte ich für immer hinter mir lassen.

Während diese Erlebnisse ganz allmählich ihren unmittelbaren Schmerz verloren, eine erste Kruste die offenen Wunden überzog, die die Flucht geschlagen hatte, wuchs die Sorge um meinen Mann, euren Vati. War er noch in Ostpreußen oder irgendwo im Westen, in Sicherheit? Lebte er überhaupt noch?

Ich musste unbedingt wieder mit dem Briefeschreiben anfangen, weil es mir Bodo so nahebrachte, als ob ich mit ihm redete, und verhinderte, dass ich im Meer der Ungewissheit unterging; zwischen der Feldpostnummer und Höckendorf spannten die Briefe eine Rettungsleine für meine erschöpfte Seele.

daß ich jetzt nichts von dir hier habe, tut mir besonders weh. Wie gerne las ich als Kind so in deinen Briefen, wieviel lieber stand da immer drin, das mich so froh machte. Und nun hausen die Horden da in der Stadt, ich kann mir die Wohnung gar nicht vorstellen. 2 Std. nach unserer Abfahrt wurde schon die Anstalt gesprengt. Die Fahrt mit den Kleinen in den überfüllten Zügen auf den vollgestopften Bahnsteigen mit den aufgeregten Menschen war das Schlimmste, war wie du dir denken kannst. Die Verbindung war so schlecht, daß ich 3 x umsteigen mußte. Über Kamitz, Schneidemühl, Kottbus, Halle, Leipzig, Riesa, Dresden, Klotsche, Königsbrück ging's hierher. 60 Stunden unterwegs. Du kannst dir nicht vorstellen, wie schlimm das für mich war, immer alle 3 zu mir in den Zug zu bekommen, wie groß meine Angst war, einer könnte erdrückt werden. Hätten die Soldaten nicht auf ihre Schultern genommen, hätte ich sie nicht heil angebracht. Frau Wossidlo fuhr bis Leipzig, so konnten wir unser Leid teilen. Die

meine Gedanken sind ja immer bei dir, ich wünschte, sie könnten dir helfen, allen Gefahren zu widerstehen und dich zu mir führen. Ein Brief von dir würde mich jetzt in diesen Tagen ja so froh machen und mir wieder neuen Mut geben. Hoffentlich halte ich bald einen lieben in Händen. Ich hoffe von Tag zu Tag, daß eine Wendung eintritt, die Russen wieder rausgejagt werden. Sofort würde ich zurückfahren, um nachzusehen, was stehen geblieben ist. Es war eine schöne glückliche Zeit in unserm lieben Ort und die Stunden mit dir werde ich nie vergessen. Du warst ja so wenig da, aber dann wurden auch die Urlaubswochen besonders schön. Und glücklich war ich, wenn ich für dich und die Kleinen herzaubern konnte. Wie schön wäre ein Treffen mit dir gewe-

Mit jedem Wort, das ich schrieb, floss aus meinem Herzen ein bisschen mehr vom Kummer über den Verlust der Heimat, bröckelte eine Ecke des Zorns über die, die uns das angetan hatten, legte sich ein weiteres dünnes Häutchen über die Wunden der Flucht. Und ich schrieb viel, so viele Seiten wie später nie wieder.

Wie ich in den Heeresnachrichten hörte, wurde Deutsch-Eylau am Tag nach Fluchtbeginn von den Russen eingenommen und zu über achtzig Prozent zerstört. Es war eine Flucht in letzter Minute. Unfassbar!

Und dann kam die erlösende Nachricht von Bodo, eurem Vater: Er lebte und war unversehrt! An die Eltern Stein schrieb er mehrere Karten und einen Brief und bat sie flehentlich um Nachricht über seine Familie, wusste er doch nicht, ob sie Ostpreußen rechtzeitig hatten verlassen und Höckendorf in Sachsen erreichen können.

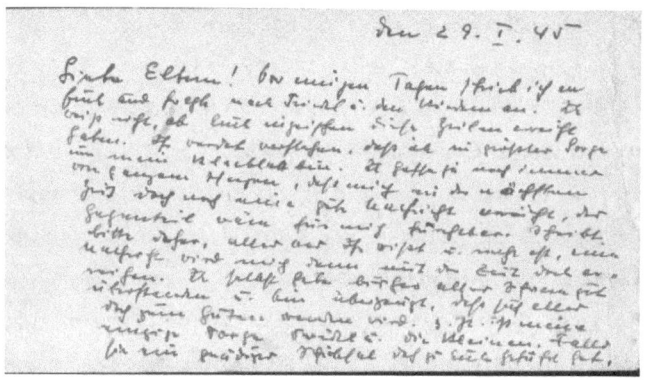

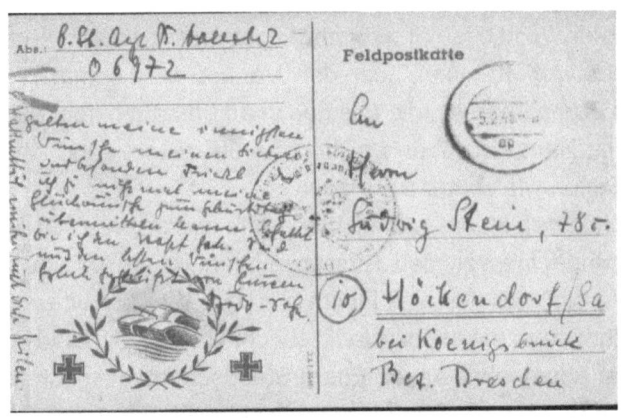

Liebe Eltern! Vor einigen Tagen schrieb ich an Euch und fragte nach Friedl u. den Kindern an. Ich weiß nicht, ob Euch inzwischen diese Zeilen erreicht haben. Ihr werdet verstehen, dass ich in größter Sorge um mein Kleeblatt bin. Ich hoffe ja noch immer von ganzem Herzen, dass mich in der nächsten Zeit doch noch eine gute Nachricht erreicht, das Gegenteil wäre für mich furchtbar. Schreibt bitte daher alles, was Ihr wisst u. recht oft, eine Nachricht wird mich dann mit der Zeit doch erreichen. Ich selbst habe bisher alles Schwere gut überstanden u. bin überzeugt, dass sich alles doch zum Guten wenden wird. Z. Zt. ist meine einzige Sorge Friedl u. die Kleinen. Falls sie ein gnädiges Schicksal doch zu Euch geführt hat, gelten meine innigsten Wünsche meinen Lieben, insbesondere Friedl, der ich ja nicht mal meine Glückwünsche zum Geburtstag übermitteln kann. Behaltet wie ich den Kopf hoch.

Seid mit den besten Wünschen gegrüßt von Eurem

Bodo-Sohn

Hoffentlich erreichen Euch diese Zeilen.

Immer wieder las ich die Karten und den Brief, bald konnte ich den Inhalt auswendig, war einfach nur glücklich und hoffte, dass meine ausführliche Post Bodo bald erreichen würde.

Langsam habt ihr drei euch von den Strapazen der Flucht erholt, Husten und Schnupfen verschwanden und ihr habt sogar Spielkameraden gefunden. Doch wenn die einen Sorgen abnahmen, wurden andere um so größer. Die Versorgung mit Lebensmitteln wurde immer schlechter. Wie sollte ich nur drei Kinder satt bekommen? Milch gab es so gut wie keine mehr, wir lebten hauptsächlich von Kartoffeln.

Um diese bitteren Zeiten durchzustehen, brauchte man wirklich ein „tapferes Herz", von dem Bodo in seinem Brief vom 7. Februar 1945 schrieb:

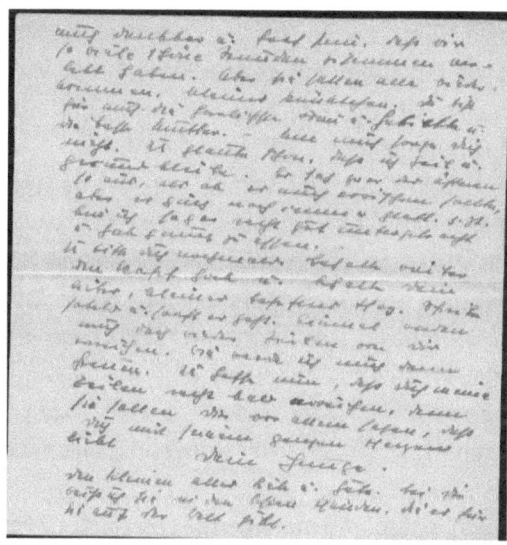

... Um mich sorge dich nicht. Ich glaube, dass ich heil und gesund bleibe. Es sah zwar des Öfteren so aus, als ob es mich erwischen sollte, aber es ging noch immer glatt. Z. Zt.

bin ich sogar recht gut untergebracht u. habe genug zu essen.

Ich bitte Dich nochmals, behalte weiter den Kopf hoch u. behalte Dein liebes, kleines, tapferes Herz. Schreibe weiter u. sooft es geht. Einmal werden mich doch wieder Zeilen von Dir erreichen. Wie werde ich mich dann freuen. Ich hoffe nun, dass Dich meine Zeilen recht bald erreichen, denn sie sollen Dir vor allem sagen, dass Dich mit seinem ganzen Herzen liebt   *Dein Junge.*

In meinem Herzen versprach ich ihm, tapfer zu sein.

Deine Tante Editha besuchte uns. Sie brachte traurige Nachrichten. Ihr Hans, den sie vor einem Jahr geheiratet hatte, war im Osten verschollen. So würde er sein Kind, das im Sommer zur Welt kommen sollte, nie sehen, das Kind seinen Vater nie kennenlernen. Wir versuchten, uns gegenseitig zu trösten, unsere Eltern konnten es nicht mehr. Der Kriegsalltag war zu schwer und bitter.

Ludwig Stein, dein Opa, war verstummt. Oft saß er in seinem Stuhl und starrte vor sich hin. Wenn ich ihn so sitzen sah, wusste ich, dass er in Gedanken nach Weinoten in seine Schule, zu seinen Schülern zurückgekehrt war. Er lebte in der Vergangenheit, weil er die Gegenwart nicht ertragen konnte. Oft musste ich an unsere Gespräche in der Heimat denken; er hatte in allem so recht behalten!

Luise dagegen, deine Oma, meisterte den Alltag, organisierte Lebensmittel, kümmerte sich um alle Notwendigkeiten und sorgte so für unser aller Überleben.

Die Kriegsnachrichten im Radio verhießen auch nichts Gutes. Die russische Armee war im Anmarsch, begleitet von der nationalsozialistischen Propagandamaschinerie, die die Gräueltaten der sowjetischen Soldaten gegen deutsche Frauen seit Jahren bis ins kleinste Detail ausbreitete. Und Nemmersdorf war unvergessen.

Der Angstdrache erhob wieder sein Haupt und schüttelte sich. Obwohl sich alles in mir sträubte, wusste ich, dass ich wieder aufbrechen musste, wollte ich den Russen entkommen. Editha besorgte uns eine Unterkunft in Klingenthal, im Südwesten Sachsens an der tschechischen Grenze gelegen, und ich packte mal wieder zusammen.

In Klingenthal kamen wir bei einer kinderlieben Frau unter, deren Mann vor Kurzem gestorben war. Sie sorgte für Kinderbetten, Wäsche und Haushaltsgegenstände, nach und nach kamen auch Kinderkleidung und Spielsachen dazu. Als Oma und Opa Ostern zu Besuch kamen, hatten wir uns schon ein bisschen an die neuen Verhältnisse gewöhnt.

Doch der Krieg holte uns auch hier ein: Bomben fielen und töteten Menschen, der Artilleriedonner kam jeden Tag näher. Dazu die anhaltende Lebensmittelknappheit und die ständige Sorge um Bodo, deinen Vati! Das Leben war schwer.

Elfriede versuchte, gegen die bedrückenden Zukunftssorgen anzuschreiben:

„Drohend schwarz liegt die Zukunft vor uns, werden wir unseren Vati wiedersehen? Ob Oma und Opa schon unter russischer Besatzung leben? Wie lange wird alles noch dauern? Was werden wir als Besiegte durchmachen müssen? Werden es unsere Kleinen noch mal gut haben? Das sind die Fragen, die sich viele Mütter stellen, und sie haben doch nur den einen Wunsch: zu arbeiten, um mit ihren Lieben ein glückliches Familienleben führen zu können."

9

I mmer wieder lese ich in den Briefen. Es ist sehr mühsam wegen der in Eile hingeworfenen Sütterlinschrift; Vati schrieb sie ab Januar 1945, nachdem du Ostpreußen verlassen hattest. Er hatte die Hoffnung, dass sie dich irgendwann irgendwo erreichen würden. Es waren Briefe voller Sorgen um Frau und Kinder, voll quälender Ungewissheit über ihren Aufenthaltsort und ihr Befinden. Er schickte sie an seine Schwiegereltern in Sachsen, an die einzige Adresse, die er hatte, und hoffte, dass du sie dann von ihnen erhalten würdest: Briefe voller Trostworte für die geliebte Ehefrau und solche der Fassungslosigkeit über das furchtbare Kriegsgeschehen.

Und deine Briefe versuchten, Bodo zu erreichen, was ihnen erst gegen Ende des Sommers gelang; sie liefen, ebenso wie seine, den Ereignissen hinterher, blieben irgendwo liegen, kreuzten sich und erreichten den Empfänger, wenn die darin geschilderten Ereignisse durch neue überrollt worden waren. Aber das war unwichtig.

Überlebenswichtig waren die Liebesschwüre, die mit den Briefen hin und her gingen, an vergangenes Glück erinnerten, Mut machten und Hoffnung aufrechterhielten in einer Fremde, die weder ihn, Bodo, noch dich und deine Kinder wollte.

Und so warst du bald wieder unterwegs.

Am 6. Mai wurde Klingenthal von den Amerikanern besetzt, am 8. Mai war der Krieg aus. Doch Deutschlands Grenzen blieben in Bewegung, solange die Siegermächte sich über deren Verlauf nicht einig waren. Auch die Angst vor den Russen blieb.

Ein Brief von Bodo, geschrieben Ende März, brachte Elfriede Aufklärung über seinen Verbleib: Ein Lazarettschiff mit verwundeten Soldaten und Flüchtlingen hatte Gotenhafen noch als eines der letzten Richtung Kopenhagen verlassen können, von dort fuhr es nach Schleswig-Holstein, wo die Verletzten ausgeladen und mit dem Zug nach Geesthacht an der Elbe gebracht wurden. Elfriede tauchte ein in ein Wechselbad der Gefühle, als sie las, dass Bodos befohlene Abreise aus Gotenhafen ein Versehen gewesen war, wie er später erfahren hatte. Dieser Irrtum rettete ihm das Leben. Elfriede dachte mit Trauer an die vielen Gefallenen und mit Erleichterung an die Schicksalsfügung: Bodo lebte!

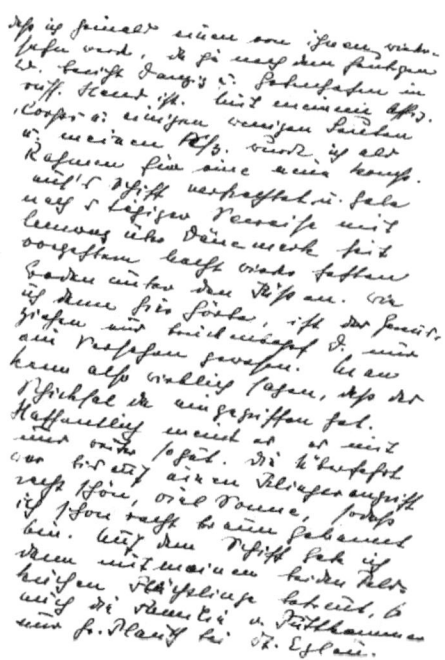

„„..., da ja nach dem heutigen W. Bericht Danzig u. Gotenhafen in russ. Hand sind. Mit meinem Offiz. Corps u. einigen wenigen Leuten ... wurde ich ... auf's Schiff verfrachtet u. habe nach fünftägiger Seereise mit Umweg über Dänemark seit vorgestern Nacht wieder festen Boden unter den Füßen. Wie ich dann hier hörte, ist das Fortziehen aus Brückenkopf D. (Danzig) nur ein Versehen gewesen. Man *kann also wirklich sagen, dass das Schicksal da eingegriffen hat. Hoffentlich meint es es mit uns weiter so gut. Die Überfahrt war bis auf einen Fliegerangriff recht schön, viel Sonne, so dass ich schon recht braun gebrannt bin. Auf dem Schiff habe ich dann mit meinen beiden Feldküchen Flüchtlinge betreut ..."*

Es herrscht Frieden und Bodo lebt, dachte Elfriede, müsste ich nicht glücklich sein? Die Aussicht auf eine Wiedervereinigung der Familie war doch vorhanden.

„Wir können es nicht fassen, dass Frieden ist, hatten wir ihn doch ganz anders herbeigesehnt," schrieb sie in ihr Tagebuch. Und weiter: „Wir hoffen aber doch, dass wir in unsere Heimat dürfen und dort wieder ein wenig Glück finden werden."

Hast du wirklich bis zuletzt an einen deutschen Sieg geglaubt? Das kann ich mir eigentlich nicht vorstellen, denn erinnere dich, was dein Vater gesagt hat, erinnere dich an deine Zweifel am Nationalsozialismus schon in den Königsberger Jahren!

Hast du wirklich, wie so viele, nach der Kapitulation gedacht, nach Ostpreußen zurückkehren zu können? Wann hast du diese Hoffnung begraben? Sicher hat sie dich durch das ganze Jahr begleitet, dir geholfen, stark zu sein und für eine Zukunft mit Bodo und uns Kindern zu leben. Irgendwann ist sie, unmerklich fast, verblasst und hat sich in eine unbestimmte Sehnsucht nach dem „Land der dunklen Wälder" verwandelt.

Da hatte es Vati, seiner Veranlagung nach, viel schwerer, wie ich zwischen den Zeilen seiner Briefe las.

So leicht er sich für neue Ideen begeistern und einsetzen konnte, so tiel fiel er in ein Nichts, wenn sie sich in Luft auflösten. Körperliche und seelische Erschöpfung verhinderten Mut und Hoffnung.

Den Schatten der Schwermut sollte er nie mehr entkommen.

Anfang Juli besetzten die Russen Klingenthal. Elfriede war entsetzt. Dazu kam die immer schlechter werdende Ernährungslage, sodass die Besatzer die Ausweisung aller Flüchtlinge verfügten. Elfriede zog mit ihren Kindern nach Hohenfelden zu ihren Eltern, ihr Vater hatte in dem kleinen thüringischen Ort, 20 km von Erfurt entfernt, eine Lehrerstelle bekommen. Die Situation war mehr als unbefriedigend, sie lebten auf engstem Raum zusammen. Dazu kam das ständige Bemühen, drei kleine Kinder satt zu bekommen und gesund zu erhalten.

Diese Sorge geisterte durch viele schlaflose Nächte. Doch Elfriede machte sich damit Mut, dass der Abstand zu den Russen fürs Erste wieder größer geworden und ihr Kontakt zu Bodo hergestellt war, wenn er auch im Juni noch immer keinen Brief von ihr erhalten hatte, wie er schrieb. Dafür wusste sie nun, wo sie ihn in Gedanken finden konnte: Zum ersten Mal stand eine Ortsangabe im Briefkopf: Geesthacht.

Meine innig geliebte, gute Friedl!
Heute habe ich zum zweiten Male Gelegenheit, an dich einige Zeilen mitzugeben. Ich bin aber sehr im Zweifel, ob dich meine Zeilen jemals erreichen, da ja der Postverkehr zum großen Teil still liegt, oft auch unter Kontrolle steht u. du vielleicht gar nicht mehr in Klingenthal bist. Aber ich versuche es trotzdem, weil ich hoffe, dass ein Lebenszeichen von mir doch noch in deine Hände kommt. Diese Ungewissheit um dich u. die Kinder ist fürchterlich ..."

„Wir haben noch sehr viel Schweres durchmachen müssen. Z. Zt. geht es mir recht gut. Mein Lazarett liegt herrlich
an der Elbe, ca. 30 km südlich Hamburg. Ich habe es doch
geschafft, fast mein ganzes Korps durchzubekommen. Und
nun versorgen wir kranke u. verwundete dt. Soldaten u.
versuchen viel Not zu lindern ...“

Anfangs nur ein sehnsüchtiger Wunsch, trieb sie bald die Frage um:
Wie kann ich mit Bodo zusammenkommen? Es ist doch Frieden, dachte
sie, die ersten Züge fahren wieder durch Deutschland. Schlimmer als auf

der Flucht würde es schon nicht werden. Die Großeltern würden sich um die Kinder kümmern. Doch Ludwig Stein wiegte bedenklich den Kopf.

„Du riskierst viel, Elfchen, du begibst dich in große Gefahr. Weißt du, ob du nicht irgendwelchen Soldaten oder Landstreichern in die Hände fällst, die dich ausrauben oder dir Gewalt antun, ob du überhaupt Geesthacht erreichst? Deine Kinder brauchen dich."

Doch Luise Stein wischte seine Worte mit einer Handbewegung fort.

„Ach was. Natürlich fährst du, Elfchen, ich kümmere mich um die Kinder. Das kriegen wir schon hin."

Sie liebte es zu beweisen, wie praktisch und tatkräftig sie war. Angst hatte sie vor niemandem und an Durchsetzungskraft mehr als so mancher Mann.

Endlich, Anfang Oktober, erreichte Bodo ein Brief von Elfriede; er war überglücklich, dass Frau und Kinder lebten. Sogleich begann auch er, Pläne für ein Wiedersehen und die Familienzusammenführung zu schmieden.

Doch die Vorbereitungen für die Reise waren mühevoll und brauchten ihre Zeit. Am 25. Oktober machte sich Elfriede endlich auf den Weg nach Geesthacht. Nach fast einem Jahr schloss Bodo seine Friedel wieder in die Arme. Eine Woche verbrachten sie miteinander und holten die versäumten Zärtlichkeiten der letzten Jahre nach; sie tauschten sich über die schrecklichen Erlebnisse der vergangenen Monate aus, sprachen über Verwandte und Freunde, holten Weißt-du-noch-Geschichten aus dem Gedächtnis hervor und verstummten, wenn ihnen bewusst wurde, was sie verloren hatten, und der Schmerz Elfriede zu überwältigen drohte. Dann nahm Bodo sie in die Arme, strich ihr über das Haar und tröstete sie. Bei allem Kummer spürten sie aber auch, dass ihre Beziehung an Tiefe und Ernst gewonnen hatte, allen geografischen Veränderungen und politischen Katastrophen zum Trotz.

Je näher der Tag der Abreise herankam, desto unruhiger wurde Elfriede, die Sorge um Kinder und Eltern wuchs.

Zehn Tage später wird Bodo in einem Brief schreiben:

„Die Reise muss ja furchtbar für Dich gewesen sein. Du tust mir so leid, dass Du es auch heute so schwer hast. Und ich wollte Dir nach dem Kriege das Leben so schön machen. Jetzt ist alles anders gekommen. Nachdenken darf man nicht, die Arbeit hilft immer noch am besten. Jetzt warte ich auf Zeilen von Dir, die mir endlich Deine glückliche Ankunft melden."

Inzwischen war Elfriede mit ihren Eltern noch einmal umgezogen, wieder ein Stückchen weiter nach Westen. Ihr war es für den Augenblick egal, wo sie wohnte; je weiter sie nach Westen kam, um so besser, denn es bedeutete, den Abstand zu den Russen zu vergrößern und den zu Bodo zu verkürzen. Noch vor Weihnachten wollte sie mit den Kindern in Geesthacht sein, das hatte sie mit ihm besprochen. Dort waren die Engländer, die ihn, wie Bodo schrieb, „anständig behandelten". Eine Wohnung hatte er in Aussicht, genug zu essen würde es auch geben. Wenn nur die vielen Formalitäten und die Unsicherheiten der Anreise nicht wären! Elfriede musste Reisegenehmigungen verschiedenster Art und Gesundheitsbescheinigungen für die Kinder und sich einholen, Bodo brauchte von der englischen Besatzung eine Zuzugsgenehmigung für die Familie und andere Papiere, die er Elfriede schicken musste. Und der Postverkehr war noch sehr unzuverlässig.

Je länger der Papierkrieg dauerte, um so mehr Sorgen machte sich Elfriede um die Reise selbst. Würde sie es auch diesmal mit Kindern und Gepäck schaffen, würde ihr jemand unterwegs helfen, wie würde es mit Lebensmitteln und Getränken werden? Würden die Kinder gesund bleiben? Das Schlimmste, was Elfriede sich vorstellen konnte, war, dass ihr etwas zustieße und die Kinder auf sich allein gestellt wären. Das durfte niemals geschehen!

Ihre Bedenken teilte Elfriede Bodo in ihren Briefen mit, denn in seiner Antwort vom 19. November geht er darauf ein:

„... Oder sind meine Hoffnungen vergeblich? Ich will versuchen, vom engl. Arzt eine Bescheinigung zu erlangen, dass du mit den Kindern bei mir wohnen kannst. Ich schicke sie dir dann sofort. Hoffentlich klappt es dann endlich.
Die Reise für euch wird ja furchtbar sein, aber wenn ihr dann das überstanden habt, sollt ihr alle Strapazen schnell bei mir vergessen. Auch für mich waren diese leider nur so kurzen Tage mit dir so herrlich schön ..."

Und in seinem Brief vom 29. November versuchte Bodo noch einmal, Elfriede Mut zu machen:

„... Ich weiß, wie du alles tust, um dich u. vor allem die Kleinen gesund zu erhalten u. kann deshalb deine Bedenken wegen der Reise verstehen. Ein Risiko ist das natürlich, aber einmal muss das ja gewagt werden. Vielleicht übersteht ihr alle Vier die Reise doch ganz gut ..."

Inbrünstig hoffte Elfriede, es würde das letzte Mal sein, dass sie ihre Sachen zusammenpackte, für Verpflegung sorgte, Papiere ordnete, die Kinder auf den Aufbruch vorbereitete, sich von den Nachbarn und ihren Eltern verabschiedete.

Das allerletzte Mal.

Die Eltern unter den Russen zurücklassen zu müssen, lag wie ein Stein auf Elfriedes Herz.

„Ach was", widersprach Luise Stein barsch, wenn Elfriede ihre Bedenken äußerte, „die Familie gehört zusammen, die Kinder brauchen ihren

Vater. Editha ist ja auch noch hier. Wer weiß, vielleicht kommen wir alle eines Tages nach Geesthacht."

„Aber am 26.11. wird's doch möglich", schrieb Elfriede in ihr Tagebuch. Sie war unterwegs, bevor Bodos Brief, der ihr Mut machen sollte, sie überhaupt erreichte. Am frühen Morgen fanden sie und die Kinder sich auf einem von einem Traktor gezogenen Wagen wieder, der stundenlang über Kopfsteinpflaster und durch Schlaglöcher in sandigen Wegen rumpelte. Zuerst fühlten sich die Kinder, besonders die Jungen, wie Abenteurer, doch nach mehreren Stunden quengelten nicht nur die jüngeren, sondern auch die älteren. Die Erwachsenen reagierten nur noch genervt. Elfriede war heilfroh, eine Bekannte aus Deutsch-Eylau, Frau Schuler mit ihren vier Jungen, neben sich zu haben; so konnte man sich gegenseitig Mut zusprechen, mit dem Gepäck helfen und die Kinder abwechselnd beschäftigen, bis der Traktorfahrer plötzlich erklärte, nicht weiterzufahren.

Alles Bitten half nichts, die Flüchtlinge mussten absteigen und dem zurückfahrenden Traktor hilflos hinterherschauen. Von irgendwoher tauchten Einheimische mit kleinen Gepäckkarren auf, mit denen die Gestrandeten ihre Habe in Schüben bis ins Lager Arenshausen transportieren konnten. Die älteren Kinder wurden als Aufpasser für Koffer und Rucksäcke eingesetzt, während die Mütter zurückhetzten, um das restliche Gepäck und die kleinsten Kinder zu holen, auf die inzwischen andere aufgepasst hatten. Im Lager angekommen, schwankte Elfriedes Stimmung zwischen Erschöpfung und Erleichterung. Sie hatten ein Dach über dem Kopf, Kinder und Gepäck waren vollzählig, es gab heißen Tee und Brote.

Nach zwei Tagen Ruhe und Erholung galt es, den nächsten Schritt zu wagen: den Fußmarsch durch das Niemandsland zwischen der sowjetisch besetzten Zone und Westdeutschland, um in das Durchgangslager Friedland zu gelangen.

Nach bewährtem Muster transportierten Elfriede und die anderen Mütter Kinder und Gepäck in mehreren Schüben in die englische Zone. An der Grenze standen Lastwagen bereit, um die Flüchtlinge ins Lager zu bringen. Auch das Lagerritual wiederholte sich: Registrierung, Entlausung, Tee, Suppe, Brote.

Elfriede konnte es kaum glauben: Sie hatte den russischen Albtraum für immer hinter sich gelassen, nie mehr würde der russische Drache sein Haupt erheben. Trotz der noch verbleibenden Sorgen spürte sie so etwas wie Erleichterung.

Doch eine Ruhepause gab es nicht. Schon am selben Abend sollte es mit dem Zug weitergehen. Schweren Herzens mussten sie sich von Frau Schuler und den Jungen verabschieden, die im Lager blieben, weil sie hofften, den Mann und Vater hier zu treffen.

„Da mussten wir uns im Sumpf und Schmutz zum Bahnhof vorarbeiten", schrieb Elfriede in ihr Tagebuch; mit Kindern und Gepäck wird es harte Arbeit gewesen sein.

Mitten in der Nacht erreichten sie das Lager Bad Segeberg in Schleswig-Holstein.

Registrieren, entlausen, Tee trinken, essen, schlafen.

„Das Essen ist so gut", schrieb Elfriede weiter, „die Kinder können es gar nicht vertragen, brechen und bekommen Durchfall."

Immer wieder versuchte Elfriede, Bodo telefonisch zu erreichen, doch es klappte lange nicht. Als sie endlich Verbindung zu ihm bekam, war er überrascht, dass seine Familie, die er im Thüringischen glaubte, ihm schon so nah war.

Als sie am 2. Dezember eine Mitfahrgelegenheit auf einem offenen Lastwagen ergatterte, fuhr Elfriede mit Kindern und Gepäck nach Hamburg. Es war bitterkalt, der Wind pfiff den Flüchtlingen um die Ohren. Die Bahnhofsmission nahm die Gestrandeten auf. Es gab heißen Tee und zu essen, zum ersten Mal seit Tagen wurde es Elfriede und den Kindern bis ins Innerste warm.

„Wo bleibt Vati? Wann wird er uns holen?", fragten die Kinder immer wieder.

Noch eine Nacht im Notquartier, die beiden älteren Kinder in einem Bett, Elfriede und das jüngste in einem zweiten. Schlaflos ließ Elfriede die Nachtstunden vorüberziehen, die mit den Bildern von elf Monaten Leben auf Raten angefüllt waren. Wer schlief jetzt in ihrem Jungmädchenbett in Weinoten, wer saß an ihrem Esstisch in Deutsch-Eylau? Oder war alles zusammengeschossen? Die Flucht mit dem Zug, kalte Bahnhöfe voller

Menschen, weinende Kinder, die Eltern Ludwig und Luise Stein. Wie es ihnen wohl ging unter den Russen?

Nie mehr Angst vor den Russen haben, nie mehr als „Flüchtlingspack" beschimpft werden, nie mehr um ein Stück Brot betteln. Es gab noch viele „nie mehr".

Dreißig Kilometer lagen nur noch zwischen Bodo und ihr, zwischen Leid und Glück, Flucht und einem Zuhause. Sie würde auch diese Strecke schaffen, und wenn sie zu Fuß gehen müsste.

So still war es draußen. Ein Zug ratterte durch den Bahnhof, die lange, gleichmäßige Schienenmelodie schickte Elfriede in einen kurzen traumlosen Schlaf.

Am nächsten Morgen sandte sie auf Anraten des Roten Kreuzes ein Telegramm nach Geesthacht. Würde es Bodo erreichen? Ihr blieb nichts übrig als zu warten, die Kinder zu beschäftigen und zu hoffen. Erst gegen Abend war es so weit: Bodo kam mit einem Personenwagen, um seine Familie heimzuholen.

Und so steht es im Tagebuch:

„Die Kinder sind bei der Fahrt selig, es gibt so viele Lichter zu sehen. Und im neuen Heim finden sie 3 weiße Bettchen vor, in denen sie nach einem herrlichen Bad nach all den Strapazen herrlich ruhen."

Die Flucht war zu Ende.

10

E s beginnt eine schöne Zeit, es gibt reichlich zu essen, liebe Menschen im Susannenhaus", hast du in dein Tagebuch zu Weihnachten 1945 geschrieben. Ich kann mir gut vorstellen, dass es dir an
beidem, reichlichem Essen und lieben Menschen, fast ein Jahr lang ge-
fehlt hat.

*Ein Jahr kann eine Ewigkeit sein – und sechzig Jahre können so
schnell vergehen. Nach sechzig Jahren stehe ich wieder vor dem Susannenhaus.*

*Unter dem strahlend blauen Himmel eines Tages im März 2009 mache
ich mich bangen Herzens nach Edmundsthal auf. Dieser Bezirk war in
meiner Kinder- und Jugendzeit eine hamburgische Lungenheilstätte, lag
auf einer bewaldeten Anhöhe, direkt an Geesthacht angrenzend. Bis 1946
gab es dort auch ein Lazarett, in dem mein Vater als Arzt arbeitete. Wir
wohnten zunächst im Susannenhaus.*

*Ich gehe die Johannes-Ritter-Straße entlang. Das alte Kopfsteinpflas-
ter rührt mich an; man findet es noch heute in vielen Straßen zwischen
den erneuerten, geteerten Abschnitten, auch in der Fährstraße, die zu
den ältesten der Stadt gehört. Bei den Häusern ist es genauso: Zwischen
den modernen stehen die alten, niedrigen Backsteinbauten mit den strahlend weißen Fensterrahmen, oft in einem Vorgarten mit scheinbar wahllos
verstreuten Pflanzen und Büschen hinter brüchigem Gartenzaun. Die
Wegeplatten zu den Haustüren sind schief getreten und an den Rändern
mit Moos bewachsen. Ich mag die alten Häuser, Gärten und Straßen, weil
sie die Zeitabläufe einer Stadt und die Lebensgeschichten ihrer Bewohner
bewahren, sie sind ihr Gedächtnis.*

*Wie unendlich lang war mir als Kind diese Straße erschienen! Jetzt
stehe ich recht schnell am Pförtnerhäuschen von Edmundsthal, dessen
Fenster mit verschlissenem farblosem Stoff verhängt sind und das wie ein
Denkmal wirkt. Kein Schlagbaum versperrt mehr die Durchfahrt. An der
linken Straßenseite beginnt gleich der lichte Kiefernwald, er zieht sich*

einen sanften Hügel hinauf. Seine uralten knorrigen Bäume haben das kleine Mädchen mit den dicken braunen Zöpfen gesehen, das vor sechzig Jahren diesen weiten Weg zur Buntenskampschule lief, zweimal täglich, sommers wie winters, das Kummer und Freude, Erfolg und Niederlagen zwischen Schule und Zuhause hin- und hertrug.

Durch die Bäume hindurch schimmert es hell und ich weiß, dass ich gleich meinem ersten Zuhause in Geesthacht gegenüberstehen werde.

Dann sehe ich das Susannenhaus und mir ist, als würde die ein halbes Jahrhundert alte Ansichtskarte, die ich zu Hause habe, lebendig. Nichts Wesentliches hat sich am Äußeren des Gebäudes verändert. Auch die zwei hölzernen, weiß gestrichenen Balkons erkenne ich gleich wieder. Es gibt ein Foto, da stehen wir drei kleinen Kinder mit dir, Mutti, auf einem dieser Balkons und können kaum über die Brüstung sehen. Sicher hat Vati das Foto gemacht; dir stehen die Strapazen einer schlimmen Zeit ins Gesicht geschrieben.

Jetzt mache ich neue Fotos von einem Gebäude, das nichts von seiner hoheitsvollen Würde verloren und unendlich viel gesehen hat. Seine Wände verbergen tragische Geschichte und unheilvolle Geschichten, von denen die aufpolierte Fassade nichts ahnen lässt. Ich wandere langsam auf den Wegen, die zwischen den einzelnen Häusern der ehemaligen Lungenheilstätte durch den Wald führen und mir als Kind so lang und düster vorkamen. Der kalte Wind treibt die trockenen Blätter des letzten Jahres auf der Fahrstraße vor sich her und wirbelt sie zu kreiselnden Häufchen zusammen. Hin und wieder fährt ein Auto vorbei. Ich bleibe mit meinen Erinnerungen und Gedanken ungestört.

Es ist alles so wie früher – und nichts mehr so wie damals.

Statt Lungenheilstätte, Lazarett oder Flüchtlingshospital beherbergen die Häuser heute Kinder- und Jugendpsychiatrie und -heilbehandlung, Rehabilitations- und Geriatriezentren. Was habe ich anderes erwartet?

Ein Archiv gibt es in Edmundsthal offensichtlich nicht und von den freundlich bemühten Angestellten, die meistens gar nicht am Ort wohnen, weiß niemand etwas über die alten Zeiten.

Ich setze mich auf eine Bank, von der ich das Susannenhaus sehen kann, und meine Gedanken fliegen über sechzig Jahre zurück auf den weißen Balkon im ersten Friedensjahr 1946.

Elfriede schaute über die Balkonbrüstung, bevor sie sich mit Näharbeiten niederließ. Es war Frühling geworden und das warme Wetter trieb die Kinder nach dem langen, kalten Winter hinaus. Lautes Geschrei hallte über die weite Wiese und verlor sich zwischen den Bäumen des lichten Wäldchens. Die Jüngsten spielten im Sandkasten vor dem Haus, doch die Älteren nutzten Wiese und Wald, um sich auszutoben. Elfriede war froh, dass sich nach und nach der Kreis der Spielkameraden ihrer Kinder erweiterte, und es erschien ihr wie ein gutes Omen, als eines Tages auch Frau Schuler und ihre Familie in Edmundsthal auftauchten.

Wenn Elfriede über einer Handarbeit saß, wanderten ihre Gedanken wie unter einem Zwang nach Ostpreußen zurück. Dann konnte sie es nicht fassen, dass zwölf Monate das Leben ihrer Familie so umkrempeln konnten. Doch sie hatten überlebt. Fast alle.

Am 30. Januar 1945 hatte ein russisches U-Boot die „Wilhelm Gustloff" versenkt. Fritz Neumanns Frau und Sohn waren unter den vielen Tausend Opfern, die in der eisigen Ostsee ihr Grab gefunden hatten. Er selbst war auf unbekannten Wegen in Kiel gelandet, hatte sich von dort gemeldet und die traurige Botschaft überbracht.

Nicht vorzustellen wagte Elfriede sich, wie die Russen in Deutsch-Eylau und Weinoten wahrscheinlich gewütet hatten. Die schönen Möbel, das gute Porzellan, die geliebten Spielsachen der Kinder ...

Auch die Freunde der Jugend- und Studentenzeit wanderten auf dieser Straße der Erinnerungen.

Wie es Ruth wohl ging? Manchmal nahm sie den kleinen blauen Engel in die Hand und hielt ihn in der geschlossenen Faust. Er hatte sie beschützt, ohne Zweifel. Und hatte jemand Ruth beschützt? Liebste Ruth, flehte Elfriede wortlos, ich hoffe, dass du Israel erreicht und dort dein Lebensglück gefunden hast. Vielleicht wird es irgendwann eine Möglichkeit geben, uns wiederzusehen, der Engel wird uns helfen. Eines Tages werde ich ihn an meine älteste Tochter weitergeben, damit er sie und ihre Nachkommen ebenfalls beschütze.

Auch nach den anderen Freunden aus der alten Heimat sehnte sich Elfriede: Luise und Fritz, Hilde und Henriette. Wer hatte den furchtbaren Krieg überlebt, wen hatte es wohin verschlagen? Und Heinz Bauer, den sie in Prag zum letzten Mal gesehen hatte, ob er der Judenverfolgung entronnen war?

Wir brauchen noch Zeit, dachte Elfriede, wir müssen erst zur Ruhe kommen und irgendwo wieder Wurzeln schlagen, später können wir unsere Blicke nach draußen richten und Anstrengungen unternehmen, nach vergangenem, erinnertem Leben im gegenwärtigen zu forschen.

Es könnte alles so schön sein, hast du, Mutti, sicher oft gedacht. Das erste Friedensjahr, 1946. Warum konntest du Vati auf deinem hoffnungsfrohen Weg nicht mitnehmen?

Wenn du Bodo ansahst, ahntest du, dass nichts mehr so war wie früher. Nicht nur, dass er körperlich elend und krank aussah; von der Blinddarmoperation hatte er sich nur schlecht erholt. So steht es in deinem Tagebuch. Auch vom vielen Ärger im Krankenhaus und nicht zuletzt von der Ungewissheit, was aus ihm werden und wie seine Zukunft unter englischer Besatzung aussehen würde, hast du geschrieben. Tief in deinem Herzen hast du gespürt, dass auch seine Seele krank war, obwohl er seinen wahren Zustand zu verbergen suchte. Ich habe gelesen, dass er mit uns Kindern scherzte und spielte und uns manchmal auf eine Spazierfahrt in seinem Auto mitnahm, wenn er von der Arbeit kam. Mit unserem Bruder fuhr er nach Preetz, um ihn seinen Verwandten dort vorzustellen.

Doch dir konnte er nichts vormachen, du sahst, dass seine Seele in großer Trauer gefangen war wie ein Vogel im Käfig, und das schon seit mehr als einem Jahr.

Wieder ziehe ich die Briefe des Jahres 1945 zu mir her.

So manche Zeile hat dir in den vergangenen Monaten gewiss einen Schreck eingejagt.

Ende März 1945 zum Beispiel, als die drohende Niederlage des Naziregimes schon mehr Gewissheit als Ahnung war, schrieb Bodo:

„... Alles drängt ja jetzt der Entscheidung entgegen u. ich glaube, dass sie in allernächster Zeit Gewissheit wird. Ich kann nicht glauben, dass unser ganzer Kampf u. das viele Blut umsonst gewesen sein sollen ..."

Und im Brief vom 1. Juli 1945 heißt es:

„... Ich habe nur noch einen Wunsch Euch wiederzusehen, wenn ich schon den auf ein großes, schönes Deutschland, wofür wir nun die ganzen Jahre draußen waren — leider umsonst — begraben muss. Aber es war ja für euch ...“

Deinen Kummer über Bodos Niedergeschlagenheit hast du ins Tagebuch geschrieben:
„... er hat wenig Hoffnung auf eine bessere Zukunft.“
Fast ganz zum Schluss der Aufzeichnungen steht der Eintrag:
„Vati ist oft sehr niedergeschlagen, er kann Deutschlands Niedergang nicht fassen, er kann nicht hoffen, dass es für ihn noch mal schön wird.“
Er, der dir während der schlimmen Kriegsjahre immer wieder Mut zugesprochen und „dein tapferes Herz“ bewundert hatte, konnte sich selbst nicht helfen. Und ein Heer von Psychologen stand damals nicht bereit, Männer, die nach dem Krieg in ein tiefes Loch fielen, aufzufangen.
Ich kann mir vorstellen, dass du dir oft Vorwürfe gemacht hast, weil du ihm nicht helfen konntest. Gesagt hast du nie etwas und wir Kinder haben zu wenig gefragt.

Mit einem trockenen Knall fiel die Tür zu, Elfriede hob erschrocken den Kopf. Bodo bemühte sich sonst immer, leise zu sein, wenn er spät nach Hause kam, um die Kinder nicht zu wecken. Etwas war geschehen.

Als er sich in einen Sessel fallen ließ und die Beine weit von sich streckte, erschrak Elfriede über sein Aussehen: Grau im Gesicht, die Falten um die Mundwinkel tief eingekerbt, in den Augen abgrundtiefe Hoffnungslosigkeit und Traurigkeit.

Sofort stand sie auf, setzte sich auf seine Sessellehne und legte den Arm um seine Schultern und ihren Kopf an seine Schläfe.

„Was ist passiert, Bodo?“

Bodo atmete tief durch, als er ihre Wärme spürte, und entspannte sich zusehends. Still war es im Zimmer, Elfriede wartete geduldig, dass Bodo etwas sagte. Im Haus hörte man eine Tür gehen, Schritte auf der Treppe, leise Musik von irgendwo. Durch das weit geöffnete Fenster schickte der Sommerabend die letzte Wärme des Tages. Noch einmal ein tiefer Seufzer.

„Das Lazarett wird aufgelöst. Es war abzusehen, denn viele Soldaten sind inzwischen zu ihren Familien zurückgekehrt oder in die Heimatkrankenhäuser verlegt worden. Die übrig gebliebenen werden vom städtischen Krankenhaus Geesthacht übernommen. Edmundsthal gehört ja zu Hamburg und die Stadt Hamburg will hier ein Tuberkulose-Krankenhaus einrichten und mit englischen Ärzten betreiben; als ob wir das nicht auch könnten."

„Und was wird aus dir?"

Elfriede las in seinem Gesicht, dass die Antwort niederschmetternd sein würde.

„Ich bin entlassen als Arzt – wie alle anderen deutschen Ärzte auch – und bekomme in Düneberg eine Anstellung als Schreiber im englischen Depot. Eine phänomenale Beförderung, du kannst mir gratulieren."

Elfriede sagte nichts, schmiegte ihr Gesicht an seines, streichelte seinen Arm und versuchte, mit der bösen Nachricht fertig zu werden. Ihr Bodo, der so stolz auf seine Arbeit war, ein leidenschaftlicher und erfolgreicher Chirurg, der stets die eigene Gesundheit hinter die Fürsorge für seine Verwundeten gestellt hatte. Wie demütigend!

„Aber das ist noch nicht alles. So wie es aussieht, müssen wir unsere Wohnung verlassen, können aber vorerst in einem kleineren Ärztehaus hier auf dem Edmundsthaler Gelände bleiben."

„Das ist doch nicht so schlimm, Bodo. Wir werden schon zurechtkommen."

Elfriede versuchte, ihm Mut zu machen. Doch Bodo sah nur die schwarzen Wolken am Horizont.

„Es bedeutet auch, dass die Versorgungslage schlechter werden wird, denn die gute Küche des Susannenhauses wird uns nicht mehr zur Verfügung stehen."

„Auch das werden wir schaffen. Du wirst allerdings einen sehr weiten Weg haben, denn Düneberg liegt am anderen Ende von Geesthacht, aber auch das ist machbar. Und eines Tages, du wirst sehen, wirst du wieder als Arzt arbeiten."

„Ich weiß nicht, warum die Engländer sich bei mir so lange Zeit lassen, einige Kollegen haben schon ihre Entnazifizierung und können sich um eine Arztstelle bewerben. Was habe ich denn verbrochen? Keiner sagt mir was."

Schwer ließ Bodo seinen Kopf in die Hand fallen. Er wirkte so mutlos, dass es Elfriede schmerzte.

„Du musst Geduld haben, Bodo. Der Tag wird ganz bestimmt kommen, an dem du wieder als Arzt arbeiten kannst, wir müssen einfach abwarten und dürfen nicht die Nerven verlieren. Es gibt doch so vieles, worüber man froh sein muss. Wir alle haben den Krieg überlebt, sehr viele Familien haben dagegen Angehörige verloren, das muss ich dir doch nicht sagen; und wir sind zusammen. Ist das nicht viel?"

Doch Elfriede spürte, dass sie Bodo nicht erreichte, und Angst kroch wie ein kalter Schatten an ihrem Rücken hoch. Er sah sie mit verzweifelten Augen an.

„Ich wollte doch so vieles für dich und die Kinder: ein schönes Heim, eine gut gehende Praxis, feine Kleider für dich, Reisen, einfach alles. Und nun? Deutschland liegt am Boden und ich auch; ich kann dir überhaupt nichts bieten. Mit anderen Worten: Ich bin ein Versager."

„Sag doch so etwas nicht! Denk daran, was du alles im Krieg geleistet hast und auch hier im Lazarett. Jeder, der im Krieg war, ja, jeder, der den Krieg überhaupt anständig überlebt hat, ist doch wohl eher ein Held."

„Was hat es mir genützt, dass ich mich bis zur totalen Erschöpfung für meine Verwundeten eingesetzt habe? Jetzt stehe ich da ohne alles, selbst der Anzug ist ein gebrauchtes Stück. Für euch bin ich doch nur ein Klotz am Bein."

„So etwas darfst du nicht sagen, das stimmt doch einfach nicht! Wir werden es schaffen, Bodo, wenn wir immer zusammenhalten. Deutschland wird wieder aufstehen, ein neues, besseres Deutschland, und wir auch."

„Ach Friedel, ich kann keine Zukunft erkennen, ich bin so mutlos."

„Wir sollten nur in die nahe Zukunft sehen, zum Beispiel sollte ich wissen, wann wir ausziehen müssen und wann du deine neue Arbeit antreten musst."

„Die praktische Friedel! Ausziehen müssen wir erst in vier Wochen, aber meine neue Arbeit trete ich gleich am Montag an. Gott sei Dank bin ich nicht allein dort im Depot, viele Schwestern und Ärzte müssen auch dorthin."

„Na siehst du."

„Liebste Friedel, was würde ich nur ohne dich machen."

Bodo zog sie in seine Arme.

Es wurde ein langer, kalter Winter 1946/47 mit einer schwierigen Ernährungslage.

Bodo musste nun den weiten Weg nach Düneberg auf sich nehmen. Da ihm kein Auto mehr zur Verfügung stand, fuhr er mit dem Fahrrad bei Wind und Wetter; manchmal, wenn es gar zu eisig war oder schneite, wurden die Angestellten mit einem Lastwagen ins Depot transportiert.

Elfriede bereitete sich wieder einmal auf einen Umzug vor und packte ihren Besitz zusammen. Die neue Wohnung war erheblich kleiner, hatte nur zwei Zimmer, dafür aber eine große, warme Wohnküche, wo sich das Familienleben von nun an abspielte.

Wie gut, dass die Kinder immer wieder in die Küche des Susannenhauses gehen und Leckerbissen ergattern konnten! Die Leute, die dort arbeiteten, zum Beispiel Tante Bonte und Tante Christel, die an einer Hand nur noch einen Daumen hatte, kannten und mochten die Kinder und wussten um die schwierige Lage der Flüchtlinge. Sie steckten den Kindern immer wieder etwas Gutes zu essen zu.

Als endlich der Frühling kam, atmete Elfriede auf und freute sich, dass die Kinder wieder im weitläufigen Gelände spielen konnten.

Nach Ostern begann für ihren Sohn die Schule, was dieser gar nicht gut fand, denn die große Freiheit wurde ihm sehr beschnitten. Erst mit der Zeit gewöhnte er sich an die neuen Pflichten, zumal auch andere Spielkameraden mit ihm den weiten Schulweg antreten mussten.

Nur Bodo gewöhnte sich an sein neues Leben nicht, er haderte mit allem: mit seiner Arbeit, die er als erniedrigend empfand, mit der englischen Besatzung, die ihm nach seiner Meinung die Zukunft verbaute, indem sie ihm die Entnazifizierung vorenthielt, mit den Russen, die ihn aus der ostpreußischen Heimat vertrieben, und mit allen Verantwortlichen, die Deutschland in den Abgrund gefahren und das Blut so vieler Menschen vergossen hatten.

Wenn er abends mit Elfriede zusammensaß, ließ er so manches Mal seiner Verbitterung freien Lauf.

„Erinnerst du dich noch an die Königsberger Zeiten, Friedel? Wie jung waren wir damals, wie zukunftsfroh, wie bereitwillig, zu glauben und zu tun, was man uns sagte. Ich wollte doch nur Arzt sein, den Menschen, den Soldaten helfen und mein ganzes chirurgisches Können einbringen. Natürlich merkte jeder irgendwann, dass Deutschlands Politik aus dem Ruder lief, aber was hätte ich denn anderes machen sollen? Je schlechter die Bedingungen für die deutschen Soldaten wurden, desto mehr glaubte ich, mich für sie einsetzen zu müssen. Ist es das, was die Engländer mir jetzt vorwerfen?"

„Bodo, ich wüsste nicht, dass jemand dir irgendetwas vorwerfen würde. Aber manchmal denke ich schon, dass auch wir schuld an der deutschen Misere sind, denn wir haben nichts infrage gestellt, sondern alles mitgemacht. Wir haben nur an uns selbst, an unser kleines Vergnügen, an unser Fortkommen und unsere Zukunft gedacht. Immer ‚unser'. Von der Judenvernichtung wussten wir alle und hofften nur, dass es unsere Freunde nicht träfe; ansonsten wurde sie totgeschwiegen, frei nach dem Motto: Worüber man nicht redet, das existiert nicht. Und das ist unsere Schuld."

Bodo sah auf den Boden.

„Ich musste doch für euch sorgen, ich brauchte meinen Beruf und das Geld. Außerdem war ich immer so glücklich mit dir. Warum sollte ich mir Gedanken um Dinge machen, die ich doch nicht ändern konnte? Und auch jetzt will ich mich nur um dich und die Kinder kümmern und euch ein schönes Leben bereiten, aber sie lassen mich einfach nicht."

„Du musst Geduld haben, Liebster, es wird schon werden."

Mehr sagte Elfriede nicht und hoffte, dass es ihm besser gehen würde, wenn er sich den ganzen Ärger von der Seele geredet hätte. Sie erzählte ihm nichts von dem Gerücht, das seinen Weg durch Edmundsthal machte und das Wohlmeinende ihr zugetragen hatten: Bodo sei in Wirklichkeit kein Arzt, sondern nur einfacher Sanitäter, er maße sich einen Doktorgrad an. Wie würde er erst reagieren, wenn ihm das Getuschel zu Ohren käme? Dass die Menschen einen Arzt mit „Herr Doktor" anredeten, war damals üblich, ob er den akademischen Titel erworben hatte oder nicht.

Das Gerede katapultierte sie über zehn Jahre zurück nach Königsberg, wo sie, nach dem Staatsexamen, ihren Bodo laut hatte verkünden hören: „Ein gesunder Offizier gehört jetzt zum Heer, zu den Soldaten; den Doktortitel kann ich später nachholen, denn über meine Qualifikation sagt er gar nichts aus."

Später war heute und Bodos Irrtum tödlich.

Pfingsten 1947 kam mit wunderschönem, warmem Wetter. Am Pfingstmontag wollte die Familie einen Ausflug mit Picknick an das jenseitige Elbufer machen. Als die Fähre im Begriff war abzulegen, rief Bodo:

„Habt ihr ein Buch für mich mitgenommen?"

„Nein", antwortete Elfriede.

„Ich gehe noch mal zurück und hole es, ich komme dann mit der nächsten Fähre nach."

„In Ordnung."

Doch Bodo kam nicht.

Als Elfriede mit den Kindern nach Hause kam, fand sie ihren Mann schwer krank und brachte ihn sofort ins Krankenhaus, wo er nach zwei Tagen verstarb.

„Um uns ist alles leer, wie nur soll sich unser Leben weiter gestalten, wie sollen wir alle durchkommen?", schrieb Elfriede auf der vorletzten Seite ihres Tagebuchs und gab am Schluss selbst die Antwort:

„Schwer, sehr schwer wird's für uns alle sein."

Nachwort

*M*ein Aufenthalt in Geesthacht geht zu Ende, ein letztes Mal gehe ich durch die Stadt.

Die prächtigen Baumalleen der früheren Hamburger Landstraße, heute Berliner Straße, gibt es nicht mehr.

Bevor ich überhaupt Überlegungen angestellt habe, ob ich den Friedhof besuchen will, habe ich die Straße überquert und stehe am Eingang vor der Kapelle, einem kleinen, zwischen hohen Tannen verborgenen Backsteinbau. Ein Anschlag an der Mauer teilt mir mit, dass das gesamte Gelände aufgelassen und nun Kulturdenkmal sei, und fordert mich zu angemessenem Verhalten auf.

Eine Parklandschaft breitet sich vor mir aus.

Die Einsamkeit hier jagt mir einen Schauer über den Rücken. Würdevolle Stille weht durch Büsche und Bäume, über Grabsteine und Gräser, und endet jäh an dem Maschendraht, hinter dem der Verkehr auf der Bundesstraße tobt, den ich bisher vollkommen ausgeblendet habe. Alle Gräber sind eingeebnet. Auf dem weiten, leicht ansteigenden Gelände breitet sich Rasen aus, ein grüner Teppich, der mit lila und gelben Krokussen betupft ist. Darauf stehen verstreut alte Grabsteine, manche schief und mit kaum mehr leserlichen Inschriften, und markieren ehemalige Grabstellen. Hohe Zypressen und niedrige Hecken um die Grabsteine modellieren die Landschaft; man hat sie stehen lassen, damit sie Zeugnis ablegen von der Fürsorge, mit der Angehörige die Gräber einst gepflegt haben.

Was wird von der Grabstelle meiner Eltern noch übrig sein?

Scheinbar ziellos wandere ich von Grabstein zu Grabstein, studiere die Namen, suche und finde altvertraute. Stunden später hätte ich gesagt, dass etwas in mir meine Schritte gelenkt hat, dass die Ziellosigkeit nur oberflächlich wie eine solche erschien, dass mein Unterbewusstsein mich auf mein Ziel zusteuerte, hatte ich doch von vornherein die richtige Richtung auf dem riesigen Gelände eingeschlagen. Plötzlich bleibe ich stehen, schaue kurz zurück und starre direkt auf den Grabstein meiner Eltern.

Ich stehe wie angewurzelt, lese die Inschriften immer wieder, als wolle ich mir versichern, dass alle eingravierten Daten ihre Richtigkeit haben, und als mein Kopf begriffen hat, was ich vor mir sehe, schießen mir die Tränen in die Augen. Ich stehe wie gelähmt, weine und schaue mich hilflos um. Kein Mensch ist weit und breit zu sehen, dessen Dasein mich zwingen könnte, die Tränen zu unterdrücken und mich zusammenzunehmen.

Um meine Erregung niederzukämpfen, ziehe ich den Fotoapparat aus der Manteltasche und mache einige Aufnahmen von dem dunkel glänzenden Stein. Im Gegensatz zu vielen anderen Inschriften, die kaum noch zu entziffern sind, strahlen mir „meine" hell und überdeutlich entgegen.

In mir tobt ein Sturm. Ich kann nicht fortgehen und doch nicht bleiben. Mir wird bewusst, dass dieser Abschied ein endgültiger sein könnte.

Ich wende mich ab und verlasse das Gelände, ohne mich noch einmal umzudrehen.

Am nächsten Vormittag fahre ich wieder nach Hause. Ich bin froh, als ich im Bus sitze. Es ist genug. Ich sollte Geesthacht verlassen, bevor Herz und Verstand das Gewicht der Vergangenheit nicht mehr tragen können. Jeder Kilometer, der unter den Rädern des Busses auf der Straße bleibt, führt mich weiter fort von den Anstrengungen der letzten Tage, in denen ich auf den Wegen vergangenen Lebens unterwegs war. Die Last auf meinem Gemüt wird in dem Maße geringer, in dem ich mich von dem Ort meiner Kindheits- und Jugendtage entferne.

Alles hat seine Zeit. Ich freue mich auf zu Hause.

Kurz nach meiner Heimkehr von dieser Reise entschloss ich mich, ein Foto meines Vaters in der „Bergedorfer Zeitung", in deren Einzugsbereich Geesthacht liegt, veröffentlichen zu lassen. Es meldete sich eine 82-jährige Dame, die damals in Edmundsthal als Krankenschwester mit meinem Vater zusammengearbeitet hatte und, wie alle anderen Ärzte und Krankenschwestern auch, im englischen Depot in Düneberg angestellt war.

Dafür, dass Frau B. sich bereit erklärte, mit mir zu sprechen, war ich sehr dankbar, war sie doch die einzige lebende Person, die meinen Vater noch gekannt hatte und mit der ich reden konnte. Er sei ein sehr netter Mann gewesen, sagte sie, immer freundlich, bei Ärzten, Krankenschwestern und Patienten beliebt. Niemand habe geahnt, dass er unter den Verhältnissen besonders schwer gelitten habe, und so sei sein Freitod für alle ein Schock gewesen. Den Grund dafür habe keiner gewusst, auch sie könne mir keine Anhaltspunkte geben.

Auch du, Mutti, wirst dir Gedanken um die Gründe für den Freitod deines Mannes und viele Vorwürfe gemacht haben. Als wir Kinder größer wurden, spürten wir die unendliche Verletzung deines Herzens und wussten instinktiv, dass jede bohrende Nachfrage die mit den Jahren entstandene filigrane Haut darüber zerreißen würde. Da ließen wir es.

Die Briefe aus dem Jahr 1945, dein Tagebuch, die Fotos und viele Schriften, die seit dem Kriegsende über die damalige Zeit erschienen sind, haben die Nebel der Vergangenheit aufgehellt.

Nun ist es genug.

Es bleibt das Bewusstsein, dass deine Ehe acht Jahre dauerte, sieben davon das Familienleben, das durch die Kriegseinsätze deines Mannes löchrig wie ein Sieb war. Die Nähe zu ihm, die dir in schweren Kriegszeiten nur hin und wieder vergönnt war, nach der du dich in deinen Briefen immer sehntest, hast du erst im Tod gefunden.

Auch der kleine Engel auf meinem Regal ist geblieben. Er verbindet die Vergangenheit der Eltern mit meiner Gegenwart und der Zukunft von Kindern und Enkelkindern.

Für immer.

www.tredition.de

Über tredition

Der tredition Verlag wurde 2006 in Hamburg gegründet. Seitdem hat tredition Hunderte von Büchern veröffentlicht. Autoren können in wenigen leichten Schritten print-Books, e-Books und audio-Books publizieren. Der Verlag hat das Ziel, die beste und fairste Veröffentlichungsmöglichkeit für Autoren zu bieten.

tredition wurde mit der Erkenntnis gegründet, dass nur etwa jedes 200. bei Verlagen eingereichte Manuskript veröffentlicht wird. Dabei hat jedes Buch seinen Markt, also seine Leser. tredition sorgt dafür, dass für jedes Buch die Leserschaft auch erreicht wird

Autoren können das einzigartige Literatur-Netzwerk von tredition nutzen. Hier bieten zahlreiche Literatur-Partner (das sind Lektoren, Übersetzer, Hörbuchsprecher und Illustratoren) ihre Dienstleistung an, um Manuskripte zu verbessern oder die Vielfalt zu erhöhen. Autoren vereinbaren unabhängig von tredition mit Literatur-Partnern die Konditionen ihrer Zusammenarbeit und können gemeinsam am Erfolg des Buches partizipieren.

Das gesamte Verlagsprogramm von tredition ist bei allen stationären Buchhandlungen und Online-Buchhändlern wie z. B. Amazon erhältlich. e-Books stehen bei den führenden Online-Portalen (z. B. iBook-Store von Apple) zum Verkauf.

Seit 2009 bietet tredition sein Verlagskonzept auch als sogenanntes "White-Label" an. Das bedeutet, dass andere Personen oder Institutionen risikofrei und unkompliziert selbst zum Herausgeber von Büchern und Buchreihen unter eigener Marke werden können.

Mittlerweile zählen zahlreiche renommierte Unternehmen, Zeitschriften-, Zeitungs- und Buchverlage, Universitäten, Forschungseinrichtungen, Unternehmensberatungen zu den Kunden von tredition. Unter www.tredition-corporate.de bietet tredition vielfältige weitere Verlagsleistungen speziell für Geschäftskunden an.

tredition wurde mit mehreren Innovationspreisen ausgezeichnet, u. a. Webfuture Award und Innovationspreis der Buch-Digitale.

tredition ist Mitglied im Börsenverein des Deutschen Buchhandels.

FSC
www.fsc.org

MIX

Papier | Fördert
gute Waldnutzung

FSC® C083411

Zeitfracht Medien GmbH
Ferdinand-Jühlke-Straße 7
99095 Erfurt, Deutschland
produktsicherheit@kolibri360.de